COLLECTION POÉSIE

RAYMOND QUENEAU

Chêne et chien

SUIVI DE

Petite cosmogonie portative
(édition revue et corrigée)

ET DE

Le chant du Styrène

PRÉFACE
D'YVON BELAVAL

GALLIMARD

PRÉFACE

Raymond Queneau est sans doute le seul poète à se réclamer aujourd'hui de Boileau, dégonfleur d'enflure, peintre des petits citadins, didactique de la prosodie, bon écrivain moderniste « aussi attentif aux dernières recherches scientifiques (comme dans son Épître V) qu'aux mots nouveaux et rares, ce qui lui permet, tel un Parnassien, de faire rimer Coco avec Cusco (toujours dans la même Épître V) ». Il lui consacre un article[1]. Il le cite en exergue à Chêne et chien où le portrait de la grand-mère rappelle Le repas ridicule (et Furetière).

Comment, de bonne foi, se recommander de Boileau? Les raisons, dira-t-on, sont bonnes pour la théorie, elles n'expliquent pas qu'on aime d'amour poétique les Épîtres et le Lutrin. Mais c'est que l'on ne met pas au point sur Boileau (ou Delille) comme sur Rimbaud ou Mallarmé: il faut se rendre les yeux de l'enfance devant les daguerréotypes, les illustrations de Jules Verne, les gravures des vieux manuels de Physique ou de Leçons de choses; il faut lire comme l'on lit les minutieuses descriptions des Nouvelles Impressions d'Afrique; il

1. Dans Les Écrivains célèbres, Lucien Mazenod, 1952.

*faut retrouver devant la plus récente machine de vol
interplanétaire l'émerveillement du passé à venir
que l'on éprouve encore devant la machine des frères
Wright.*

*

On va donc lire Chêne et chien *(1937), la* Petite
cosmogonie portative *(1950), avec, en supplément,
le* Chant du Styrène, *inédit.*

*L'union des contraires, c'est-à-dire du plus intime
— la confession de* Chêne et chien *a été publiée la même
année qu'*Odile — *et du moins intime, l'universel de la
science, ferait-elle l'unité du recueil? Peut-être. Les deux
ouvrages n'ont pas été écrits l'un pour l'autre. Mais en
les unissant on les rattache au même genre de la poésie
didactique.*

*En un temps où le roman n'avait pas encore droit de
cité dans la littérature, Boileau — note Raymond Queneau — « en signalant la nouveauté de ces "poèmes en
prose que nous appelons romans" en a par là-même
reconnu la nature ». C'est rappeler cette nature que de
donner à* Chêne et chien *le sous-titre : « roman en vers ».
D'autre part, l'aventure de la science n'est-elle pas
l'épopée de la pensée moderne, une épopée qui mérite
d'être traitée en Chants?*

Dans cette perspective, si Chêne et chien *n'est pas le
premier poème didactique pour psychologues, car sans
doute devrait-on citer avant lui l'*Art *d'aimer et les*
Remèdes *d'amour, à coup sûr il est le premier et, je*

pense, le seul valable jusqu'ici, à traiter de psychanalyse. Et c'est bouleversant.

Il faut entendre ce ton de monologue qui est celui de la mémoire douloureuse:

Il y a une petite voix qui parle et qui parle et qui
[parle
Et qui raconte des histoires à ne plus dormir.

Et le passé remonte avec son décor déjà vieillot — loco-motive à vapeur, cornet acoustique, cage à mouches, couronnement de George V, etc. —, avec l'école où l'on apprend chiffres, bâtons et lettres, avec Buffalo Bill, Dourakine, plus tard Charlot, les premiers petits voyages, — avec le sale, le sordide, le mélange de l'ordure et de l'innocence, — avec la confession libidineuse, tantôt directe, tantôt magnifiquement symbolique comme l'écla-tement du sexe-soleil maternel, — avec, finalement, après la cure, la crasse rendue à la Terre, à la Mère, le feu chthonien d'une Fête de village, la fête de la Saint Glinglin annoncée p. 85 et qui lancera son feu d'artifice dans le Saint Glinglin de 1948.

*

Quant à la Petite cosmogonie portative, qu'on me permette de reprendre ce que j'en ai écrit autrefois sous le titre de Petite Kenogonie [1].

1. Voir notre Poèmes d'aujourd'hui, Essais critiques, Gallimard, 1964.

Heureusement, il y a Queneau! Il peut réveiller nos poètes de leur sommeil de sang, de mort, de nuits, d'étoiles, de seins nus, je veux dire: de cet endormissement du langage où le signe devient signal, où l'association remplace la pensée active. Le plaisir réel qu'ils procurent est trop celui de réentendre. Ils émeuvent par le passé. Le plus facile. Aujourd'hui, comme de tout temps, ils ont à s'élever de l'imitation reproductrice à l'imitation productrice. Les ressources manqueraient-elles? Que de sensations inédites! Rien, au premier envol, rien n'avait pu me préparer à la stupéfaction de cette vitesse immobile, de ce silence où s'enfonçait le paysage, de ce vide aérien qui me pénétrait jusqu'aux os. Et, voyez: les rêves de vol empruntent l'avion. Ainsi, chaque jour rajeunie du vieillissement de la veille, la poésie demeure-t-elle de toujours. Qu'on ne parle pas d'ineffable: si les poètes ont à dire l'indicible, la sensation est l'expérience-limite vers laquelle indéfiniment doit tendre leur langage.

La plume et le papier peut-être n'y suffiront plus, comme on a découvert au XVIIᵉ siècle qu'on ne résoudrait point avec la règle et le compas les courbes au-delà du deuxième degré. Bon! Mais en attendant? Le poète s'en tiendra-t-il à l'effet du décor? Ainsi tâtonnait Verhaeren. Ainsi, vers 1920, estimait-on être « moderne » en photographiant des pistons. Reste à partir de la science même.

Certes, la Petite cosmogonie portative *ne veut pas*

être didactique. Il ne subsiste aucune des raisons qui le justifieraient. A quoi bon, avec l'imprimé, la mnémotechnie prosodique? Quant aux métiers, nul Virgile, Columelle ou Palladius n'embrasserait l'agriculture, nul Pancratès les travaux de la mer; un Nicandros ou un Philon ne viendrait même plus à bout d'énumérer les antidotes. La science? Ses moindres cantons sont devenus des univers. Nous avons perdu tour à tour la magie des fables mythiques — fables humaines, si humaines! — le sens mystique de l'Analogie qui, au XVIᵉ siècle encore — même chez un Képler — liait le problème au mystère, et enfin l'illusion — qui répand sa grâce poétique jusque sur le sec Fontenelle — de tenir une vérité définitive et absolue. Hypothétiques et changeantes, les vérités nous charrient comme des fétus, précipitent le temps, nous engouffrent dans l'avenir sans que nous puissions nous reprendre.

Aussi est-ce d'abord une vision du monde que Queneau demande aux savants: la Terre, son évolution, la superposition des règnes, le grouillement oxyurique des espèces, du premier atome éclaté aux dernières machines. Le temps, démesuré depuis qu'on le mesure — Y a pas longtemps de ça mais des millions d'années *(142)** — s'étale à l'infini, se contracte en nos calculatrices, se détend au petit bonheur, rate, s'embrouille, recommence en continuant, perd son sens, se déshumanise. L'homme? Corpusculé, mécanisé, deux vers sur 1386 suffisent bien à son Histoire:

* Les chiffres entre parenthèses renvoient aux pages de la présente édition.

13

Le singe (ou son cousin) le singe devint homme
lequel un peu plus tard désagrégea l'atome *(162)*.

Dans le ballet universel, il aura tenu son rôlet. Car,
« *comme l'insecte les fleurs, l'homme féconde les machines
qui doivent l'attendre pour se réaliser* » *(161). De toujours
elles l'attendaient dans les sédiments, les forêts, les
fleuves et la foudre :*

Une branche élaguée amibe de machine
un silex éclaté infusoire d'outil *(162)*.

En une « *carrière analogue* » *(163) à celle de l'homme —
le On (155) — ces amibes, ces infusoires s'engagent dans
l'évolution :*

De l'atome au cristal et du bacille au cerf
de l'algue à l'hortensia du sinanthrope au rouet
chaque règne accomplit sa course *on-miumnaire (166)*.

*Après les machines passives (le radeau, la piste, l'habi-
tation), la première machine réflexe (la trappe) engendre
une nouvelle espèce :*

La machine réflexe a plus de réflexion *(164)*.

*Il lui pousse des bouquets d'organes (166) ; avec l'électri-
cité,* « *les ondes vont donner des nerfs au mécanique* »
(169), et c'est :

La champignonnation des usines
la parthénogénération des machines *(169)*.

Déjà, le sélénium a un œil, le thermostat soupire,

les sauriens du calcul se glissent pondéreux
écrasant les tablogs les abaques les règles *(170)*.

*Il n'y a pas loin des animaux-machines aux machines-
animaux. Je ne reviendrai pas sur l'envers du lyrisme,
qui tend à mécaniser le vivant au lieu d'animer la
matière[1]. Je n'insisterai pas sur les images quenéennes:
du nanan pour psychanalyse[2]. Du moins est-il clair que
Queneau a retrouvé dans la science une vision du monde
qui était la sienne: et c'est pourquoi — attention aux
imitateurs! — il peut en faire un thème poétique.*

   *Maintenant, ne soyons pas dupes. Lorsque Hermès
le présente:*

celui-ci voyez-vous n'a rien de didactique
que didacterait-il sachant à peine rien

*le poète, jouant la pique d'amour-propre, lui réplique
entre parenthèses: merci (128). Queneau sait bien qu'il
ne sait rien en face d'un spécialiste; mais il sait qu'il
s'est informé — et qu'il sèmera son lecteur. Devrons-nous*

---

   1. Voir *Poèmes d'aujourd'hui, Essais critiques* (1964), pp. 132-155.
   2. *Chêne et chien*, par ex., éclaire de ce point de vue le Premier Chant de la *Cosmogonie*, sur notre Terre-Mère.

refaire nos classes? Non. Mais il importe, pour com-
prendre comment Queneau écrit ses livres, de connaître
la précision qu'il cache sous ses coq-à-l'âne. Exemple:

poudres cendres de pot salpêtres et vinasses
amorces et poisons les varechs les cautères
les pyrophores et la liqueur de cailloux
incarnent de kali la flamme turbulente
incarnat violette qui dans la carnallite
voisine avec le feu de la fée autographe *(131).*

En apparence, quoi de plus gratuit? En réalité, quoi
de plus didactique? Traduisez: c'est le manuel. On va
du potassium (K) au magnésium (Mg) par l'intermé-
diaire de la potasse ou kali (KOH) et de la carnallite,
chlorure hydraté de potassium et de magnésium: (KMg)
Cl + 4 HO. Or, il est vrai que la présence du potassium
se manifeste dans les produits de combustion (cendres
de pot) ou de distillation (vinasses), dans les salpêtres
(azotates de potasse) dans les poudres et les amorces de
nos pistolets, dans les poisons au cyanure (4KCy),
dans les ulcères artificiels, ou cautères, provoqués par
la potasse; vrai que les pyrophores (combinaisons chi-
miques qui ont la propriété de s'enflammer à l'air) et
la liqueur de cailloux (dissolution de silice dans la
potasse, liquide) incarnent de kali la flamme turbulente;
et vrai que cette turbulente se caractérise au spectroscope
par deux lignes, l'une bleu rouge, l'autre bleu indigo,
d'où les passages à l'incarnat et au violet qui voisinent
avec les éclairs au magnésium de la fée autographe.

Qu'on pardonne ces pédantismes! Pas d'autre moyen pour montrer comment Raymond Roussel — je veux dire Raymond Queneau — compose lui aussi ses livres.

Avec une vision du monde et des connaissances exactes, notre auteur emprunte encore à la science le vocabulaire dont il jouera en virtuose. Que de fois il semble inventer — il en invente tant! — quand il emploie le terme propre! A moins de parler allemand, eussiez-vous reconnu kali, si charmant d'indouisme? Et l'éthiops? Sulfure ou protoxyde noir de mercure, il n'a d'éthiopien que le noir. Et le tinkal? Oubliez le Taffilalet et consultez les alchimistes: quelque carbonate de soude. Quand vous entendez du mercure qu'il est « né natif » du cinabre, vous pensez trouver un gendarme: c'est un chimiste qui vous parle; souvenez-vous de l'or natif, du fer natif, etc., et que le cinabre est le seul minerai de mercure. Ainsi, le mot est pris dans son vrai sens scientifique. Mais il est employé dans son sens poétique:

...les mots pour lui saveur ont volatile
la violette et l'osmose ont la même épaisseur
l'âme et le wolfram ont des sons acoquinés
cajole et kaolin assonances usées
souffrant et sulfureux sont tous deux adjectifs
...des choses à ces mots vague biunivoque
bicontinue et translucide et réciproque
choses mots choses mots et des alexandrins
ce petit prend le son comme la chose vient... *(128/129).*

Nous voici assez prévenus pour dégager quelques principes de la technique quenéenne. Et d'abord : un livre est un livre. Jamais l'auteur ne feint d'oublier qu'il tient une plume, et, du coup, le lecteur est remis à sa place. Interdit de jouer pour qui ne sait pas lire. Mais pour qui accepte les règles, quelle liberté ! quels vrais plaisirs de lecture ! Un livre est un livre. A être nettement posé, ce seul principe situe l'œuvre dans un espace littéraire plus complexe que ceux dont on a l'habitude : on y voit se multiplier les systèmes de références. Queneau machine plusieurs plans et, désormais, partout présent, partout insaisissable, parle à tous les échos, formant, d'une seule émission, les voix les plus diverses : grossières, tendres, graves, goguenardes. Tout mot répercuté reçoit une nouvelle force : du parlé à l'écrit, de l'académique au vulgaire, du scientifique au littéraire, du prosaïque au poétique. Dès lors, la pensée se décentre : un art combinatoire à la Raymond Roussel, aussi strict que partie d'échecs, semble se vouer au hasard ; en une parodie sérieuse — voir l'Argument du dernier Chant (161) — la dialectique (marxiste ?) se change en un conte de Wells ; l'information scientifique transmue ses faits en valeurs. Dès lors, on peut user de tous les tons, profiter de tous les contrastes ; sur des pensers nouveaux faisons des vers antiques ; des hexamètres et six Chants (« c'est le genre qui veut ça »), une prosopopée d'Hermès, une invocation à Vénus — « Aimable banditrix des hommes volupté... » (140) — qui singe celle de Lucrèce. Et jamais sans perdre le ton.

Vers antiques ? En faux-semblant. De plus près,

mille et une audaces, le Manuel Roret de tous les exercices réinventés depuis un siècle. Les allitérations : le cèdre, le citron, le cidre, la citrouille (152), les crus des croûtes de la nuit (98), l'entropie en trop bue (115), le bulbe d'une bulle écosse sa pochette (111), il s'amibe en l'abîme et s'abîme en l'abysse (138), etc. Les assonances — d'espace-espèce (100), galopent-gallup (103), flèches-sphaignes (151) à orbe-morve (104) et morve-larve (105) — ou, dans le corps des vers :

... et l'odeur de l'éther dans l'opération gée
et le taire du ciel modelant les montagnes
et le traire des monts la lave et l'archipel... *(98)*

Des rimes en syncope — s'éloigne-témoign(-age) (101) ; adipos'(ité) — ankilos'(ée) (129) ; infâme-hame(-çon) (139) — et depuis les plus pauvres jusqu'aux équivoquées :

En battant du tambour le tigre et le puma
pourraient à la rigueur passer pour trop huma-
nitaires si jamais le sang la hampe huma *(158)*.

Les rythmes les plus variés, du presque-prose au régulier, du moulin de Péguy aux danses des comptines :

Cristal tu cristal pas cristal pas cristal tu
comptine des sommets des faces des arêtes

cristal pas cristal tu cristal tu cristal pas
clivez vous nettement clivez puisque vous êtes... *(136)*.

*Et enfin, un vocabulaire qui emprunte à tous les lan-
gages — scientifique, académique, petit bourgeois, argo-
tique ; qui picore, par-ci par-là, du grec, du latin, de
l'anglais ou du bas normand ; qui phonétise l'ortho-
graphe d'un œil savant — grû, multiplîra, le foî,
etc. — ou d'une oreille populaire — concluzillon,
steu poésie, suldos, trentt six, histouar, un vilburvrichte... ; et qui, surtout,* scienter populariterque, *four-
mille de néologismes : pustule expue (d'exspuo? ou,
à l'image d'exsuder, avec contraction sur puer?), la
terre drageonne (pigé!), sa croûte est disloque, plus
loin une écorce est crocusse, et plus loin... nous y
reviendrons.*

    *A première vue, peu d'innovations syntaxiques : je
n'ai hésité qu'une fois, devant le « si jamais le sang la
hampe huma ». Mais sans doute est-ce là entendre la
syntaxe selon un enseignement trop primaire. Consi-
dérée en sa nature, elle est d'abord une manière de joindre
les mots — par conséquent, aussi, de les disjoindre les
uns des autres — pour former des ensembles significa-
tifs ; en second lieu, syntaxe interne, elle est manière de
lier — par conséquent, aussi, de délier — les éléments
d'un mot pour en modifier le sens selon les exigences de
l'expressivité ; et enfin, comme, en poésie, la matière
plastique et sonore des mots importe autant, et souvent
plus, que la précision sémantique, la syntaxe — externe
ou interne — est une grammaire harmonique où les sons*

appellent les choses, les unissent ou les séparent, les dissocient ou les composent. Ainsi comprise, la syntaxe est entre les mains de Queneau la machine à tisser les relations les plus savantes. Mais il faudrait, pour la décrire et en faire la théorie, avoir déterminé le point où la grammaire logicienne, dont les analyses et les synthèses nous sont transmises par l'enseignement, se confond avec la grammaire onirique, dont Freud a commencé de nous donner les règles de condensation et de déplacement. Essayons toutefois d'imaginer un peu le travail de Queneau.

Il lit beaucoup : Bouvard et Pécuchet, *Joyce, des ouvrages scientifiques, des linguistes (*Vendryès*), toutes sortes de dictionnaires : la* Grande Encyclopédie, *par exemple. En un mot, un lexicomane qui, nourri aux mathématiques, en conserve un goût leibnizien pour l'art combinatoire : pas un écrivain simple, un écrivain armé, comme on dit « observation armée ». Le voici devant le projet d'une* Cosmogonie. *Par l'accumulation, il pourra rendre la richesse, le désordre, l'effort, la puissance de l'évolution créatrice. Cet effort, cette incohérence, la juxtaposition, sans liens explicites, de termes difficiles nous la feront sentir, même en respectant la syntaxe scolaire. Par la répétition* on place un terme en évidence; *alors, les prédicats grouillent sur le sujet :*

... le limon cuit rassit brunit et s'épaissit
le limon se fendille il grille et s'éparpille
le limon s'épaissit et devient une étoffe
le limon s'éparpille et devient limitrophe... *(110).*

21

ou, l'inverse, le prédicat devient l'essence du sujet:

... petit vert autobus petit rouge meurtri
petit indigo bleu petit vert orangé
petite roue à crans petite jambe à jante
petit spectre d'azur petit mont de granit
petit orage mûr petite ère indulgente... *(103).*

*(lisez encore, p. 106: « Fulgurent les cristaux... »);
ici, c'est le futur lorgné en perspective (126, 139), ailleurs
le spectateur détaché du spectacle (« On le voit... on le
voit... », 155); bref, la répétition — l'œil de la caméra! —
en choisissant met en valeur; c'est pourquoi elle valorise
l'événement, comme l'apparition du premier animal
butinant:*

... une bête elle est là gigotant dans le bleu
une bête elle est là elle saute et volette
une bête elle est là molle et poussant ces yeux... *(113).*

*ou bien dévalorise — omnia vanitas! — l'habitude,
l'automatisme, la monotonie, le retour et ce temps qui
n'en finit pas (161). Risquons-nous par degrés dans la
syntaxe interne. Nous le savons: le pêle-mêle est ordonné,
le non-sens cache un sens. Évidemment, personne
n'oserait promettre qu'il retrouvera à tout coup les
calculs de l'auteur; il suffit de prouver qu'une méthode
consciente le dirige et d'en détecter les principes. Cette
méthode, nous en avons déjà nommé les instruments: le
lexique et l'art combinatoire. Le lexique?*

pierre ponce ponceu pilate pilâtreu
de rosiers l'homme fonce et s'enfonce ou bien vole *(115)*.

*Pilâtre? Votre dictionnaire vous rappellera Pilâtre de
Rozier (1756-1785), notre premier aéronaute. L'aigle
et le rossignol ont donné métaphore,*

le dronte le dodo des idées dramatiques *(156)*.

*Le dictionnaire vous dira que le dodo est l'autre nom du
dronte, que cette espèce de pigeon surnommé « l'oiseau
de nausée » par les Hollandais, originaire de l'île Ro-
drigue, décrit par un voyageur signant « le Solitaire », a
disparu au XVII*e *siècle dans le drame de l'évolution.
Un certain Melville s'est occupé du dronte. Six vers plus
loin :*

... des cétacés dicks
et plus ou moins moby (que l'océan est grand)...

Melville : Moby Dick. Pêche à la baleine. Dick? *En
anglais, je ne sais, mais en allemand : gras et corpulent.*
Moby? *Si l'adjectif n'existe pas,* mob = *foule populaire
— et les baleines vont par gams. Effet total? Les gros
pépères. Deux vers plus loin*[1] :

hercules des néants erre-culs des hantés

---

1. Par un malencontreux hasard qui va m'attirer l'épithète,
j'erre ici. R. Q. — d'accord, à des détails près, sur le reste — a dû
m'analyser ce vers dont le sens est celui de *La bouteille à la mer*.
Je m'interdis de corriger : le lecteur doit pouvoir juger des chances
d'interprétation juste dans une tentative comme celle-ci.

Oui, des hercules, mais timides et ne se nourrissant que de très petits animaux — de néants. Et, par contraste pascalien, voyez ces normands minuscules, armés de leurs petits harpons, qui prennent l'erre des baleines! L'erre? Vite, rouvrez votre lexique: l'erre est vitesse acquise d'un bateau — ne serait-ce qu'un « mouille-cul », comme on dit au Havre —, traces du cerf, parties de devant d'une bête — à quatre pieds, certes, mais n'importe!, dans l'erre-cul on peut aller de l'erre au cul, toute une longueur de baleine! Mais hantés? Vient de hante. Vaugelas ne savait encore s'il fallait orthographier hante *ou* hampe. *La* hante *est le nom normand de la* hampe. *Au résultat? Voilà la baleine harponnée par un harpon à forte hante. Nous découvrons de proche en proche, en allant du lexique à l'art combinatoire, que la méthode quenéenne touche de plus en plus à la méthode rousselienne. L'exemple suivant est typique. Il s'agit du* Machaerodus, *félin fossile: lui aussi aurait pu, parmi les animaux féroces de son espèce, devenir un brigand fameux ou un chef, comme le roi des animaux; son nom ne le prophétisait-il pas? Du* Macaire *au* Dux :

Trop vite il a passé près du machairodus,
il n'y a point laissé le macaire ou le dux *(158).*

Passons aux « bacilles infects »: gonocoques et streptocoques: il viendra, par le jeu de la syntaxe interne, le « gone aux coques des strétos » (116). Qu'y gagnons-nous? Plus qu'une drôlerie, si l'on veut bien se souvenir que les kokooï *signifiaient en grec ce que signifie en français*

24

*un certain mot très proche de coquilles. Et, dans le même
ordre d'idées, on sait à quoi sert le mercure qui, combiné
avec le chlore dans le calomel, devient « guide des défunctions » (126) — en quoi il a bien mérité qu'on le baptise
« copronyme » (127) — et qui, appliqué en friction
(hydrargyrose), sous forme d'onguent à l'éthiops j'ima-
gine, s'enfonce dans certains cañons aux couleurs vives de
Larousse médical et qu'il marque de ses couleurs. Du coup,
le Mercure (galant?), ses petites ailes aux talons, s'envole*

copronyme étallique aturbide aviateur
dans les colorados éthiops hydrargyrose

*en feignant d'avoir perdu l'M de sa nature métallique
dans une liaison (... nyme étallique) — et, pourquoi ne
pas l'avouer?, je n'ai pu m'empêcher d'évoquer quelque
Caproni métallique. Avec tout ce travail de transfert, de
condensation, on reconnaît de plus en plus la grammaire
onirique : que l'on compare ce que Freud écrit d'un mot
d'esprit de Heine — « il m'a reçu d'une façon* famillion-
naire » — *avec la terre en gestation,* « bouillonnaveuse »
(101), *de Queneau, où se condensent :* bouillon, baveuse,
laveuse. *Quelquefois la syntaxe se fait encore plus subtile.
Le poète implore Hermès d'éclairer ses lecteurs :*

Mercure ajuste donc leur castuce artésienne (126).

*Le déplacement d'une lettre brise l'inhibition de trop
d'astuce cartésienne, nous ajuste on ne sait quel casque
d'une sagesse jaillissante qui est l'intuition poétique. Si
l'étymologie, comme le veut J. Paulhan, est de l'ordre*

du calembour, on voit que, réciproquement, le calembour est de l'étymologie à l'état naissant.

En définitive? J'entends, j'ai déjà entendu : Ce n'est pas de la poésie. Qu'est-ce donc que la poésie? La Petite cosmogonie portative est une savante machine où tout s'emboîte et se déboîte, et dont on peut jouer de cent manières. Lisez-la superficiellement : vous rirez de ses canulars. Essayez de la décrypter : et voilà un jeu de société, de quoi — tous les dictionnaires sur table — vous distraire en famille pendant bien des soirées : au demeurant, un jeu très instructif. Songez-vous à être écrivain? Alors, cherchez comment c'est fait : vous avez devant vous des tables de démonstrations. Attendez-vous la poésie? Laissez-vous ajuster la castuce artésienne : peut-être n'aurez-vous d'abord que de ces songes brefs dont est composé le langage (pour parler avec Valéry); mais reprenez, lisez toujours, libérez peu à peu les couches artésiennes, le songe se prolongera, vous ne sourirez presque plus, vous découvrirez la puissance, vous entrerez dans la désolation — peut-être reculerez-vous. Étrange machine à rêver où le plus étrange d'abord — mais le plus régulier à la réflexion — est qu'elle soit montée par un ingénieur plongé dans l'art combinatoire, un homme qui ne rêve pas — ou rêve qu'il ne rêve pas.

Yvon Belaval

CHÊNE ET CHIEN

Roman en vers

I

... Quand je fais des vers, je songe toujours à dire ce qui ne s'est point encore dit en notre langue. C'est ce que j'ai principalement affecté dans une nouvelle épître... J'y conte tout ce que j'ai fait depuis que je suis au monde. J'y rapporte mes défauts, mon âge, mes inclinations, mes mœurs. J'y dis de quel père et de quelle mère je suis né...

BOILEAU

Je naquis au Havre un vingt et un février
en mil neuf cent et trois.
Ma mère était mercière et mon père mercier :
ils trépignaient de joie.
Inexplicablement je connus l'injustice
et fus mis un matin
chez une femme avide et bête, une nourrice,
qui me tendit son sein.
De cette outre de lait j'ai de la peine à croire
que j'en tirais festin
en pressant de ma lèvre une sorte de poire,
organe féminin.

Et lorsque j'eus atteint cet âge respectable
vingt-cinq ou vingt-six mois,
repris par mes parents, je m'assis à leur table
héritier, fils et roi
d'un domaine excessif où de très déchus anges
sanglés dans des corsets

31

et des démons soufreux jetaient dans les vidanges
des oiseaux empaillés,
où des fleurs de métal de papier ou de bure
poussaient dans les tiroirs
en bouquets déjà prêts à orner des galures,
spectacle horrible à voir.
Mon père débitait des toises de soieries,
des tonnes de boutons,
des kilogs d'extrafort et de rubanneries
rangés sur des rayons.
Quelques filles l'aidaient dans sa fade besogne
en coupant des coupons
et grimpaient à l'échelle avec nulle vergogne,
en montrant leurs jupons.
Ma pauvre mère avait une âme musicienne
et jouait du piano;
on vendait des bibis et de la valencienne
au bruit de ses morceaux.
Jeanne Henriette Évodie envahissaient la cave
cherchant le pétrolin,
sorte de sable huileux avec lequel on lave
le sol du magasin.
J'aidais à balayer cette matière infecte,
on baissait les volets,
à cheval sur un banc je criais « à perpette »
(comprendre : éternité).
Ainsi je grandissais parmi ces demoiselles
en reniflant leur sueur
qui fruit de leur travail perlait à leurs aisselles :
je n'eus jamais de sœur.

32

Fils unique, exempleu du déclin de la France,
je suçais des bonbons
pendant que mes parents aux prospères finances
accumulaient des bons
de Panama, du trois pour cent, de l'Emprunt russe
et du Crédit Foncier,
préparant des revers conséquences de l'U.R.S.S.
et du quat'sous-papier.
Mon cousin plus âgé barbotait dans la caisse
avecque mon concours
et dans le personnel choisissait ses maîtresses,
ce que je sus le jour
où, devenu pubère, on m'apprit la morale
et les bonnes façons;
je respectai toujours cette loi familiale
et connus les boxons.

Mais je dois revenir quelque peu en arrière :
je suis toujours enfant,
je dessine avec soin de longs chemins de fer,
et des bateaux dansant
sur la vague accentuée ainsi qu'un vol de mouettes
autour du sémaphore,
et des châteaux carrés munis de leur girouette,
des soldats et des forts,
(témoins incontestés de mon militarisme
— la revanche s'approche
et je n'ai que cinq ans) des bonshommes qu'un prisme
sous mes doigts effiloche,

33

que je reconnais, mais que les autres croient être
de minces araignées.
A l'école on apprend bâtons, chiffres et lettres
en se curant le nez.

Le lycé' du Havre est un charmant édifice,
on en fit en 'quatorze un très bel hôpital;
ma première maîtress' — d'école — avait un fils
qu'elle fouettait bien fort : il pleurait, l'animal!
J'étais terrorisé à la vu' de ces fesses
rougissant sous les coups savamment appliqués.
(Je joins à ce souv'nir, ceci de même espèce :
je surveillais ma mère allant aux cabinets.)
Et voici pourquoi, grand, j'eus quelques préférences :
il fallut convenir que c'était maladie,
je dus avoir recours aux progrès de la science
pour me débarrasser de certaines manies
(je n'dirai pas ici l'horreur de mes complexes;
j'réserve pour plus tard cette question complexe).

Mes chers mes bons parents, combien je vous aimais,
pensant à votre mort oh combien je pleurais,
peut-être désirais-je alors votre décès,
mes chers mes bons parents, combien je vous aimais.

L'angoisse de mon crime accablant arpenteur
débobina mes langes.
Je vécus mon enfance écrasé de terreurs
et d'anxiétés étranges :
— la question qu'au bossu donnait l'orthopédiste
cassant les abatis
et j'entendais craquer l'ossature sinistre
du nabot en débris;
— les voyous obstinés qui rôdaient dans le noir
et les mains dans les poches
toujours prêts à commettre à la faveur du soir
quelque horrible anicroche
au cours bien ordonné du flâner des bourgeois
(j'étais de cette race);

— les mots incohérents barbouillés en siamois,
redoutables grimaces
d'un disciple du Mal et ce jeteur de sort
voulait bien annuler
pour le prix de dix ronds ses menaces de mort
qu'au hasard il lançait
(il me disait soudain : ta mère va mourir !
humectant de salive
son doigt, il se mettait à longuement écrire
en griffes ablatives
et je sortais alors mes cinquante centimes
tarif exorbitant
pour que ma mère ait quittance de cet infime
et de l'envoûtement) ;
— les mystères affreux du préau, dans la cour
de récréation
où des gamins peureux simulaient de l'amour
avec précision
les principales attitudes
et donnaient toute latitude
à leurs instincts de vrais cochons
—en jugeait ainsi ma Conscience
et je m'effrayais du mélange
de l'ordure et de l'innocence
que présentait la Création.

De mon père un ami Lambijou s'appelait.
De cet ami le fils Lambijou se nommait.
Mon ami Lambijou détruisait tous mes jouets.
Il en vint même un jour à me mordre le nez.
Mais c'était par amour du moins me le dit-il.
Je pris en aversion ce socrate infantile
Et lorsqu'une 'tit' fill' tenta de m'embrasser
D'un chaste et fort soufflet loin de moi la chassai.

Fécamp, c'est mon premier voyage;
on va voir la Bénédictine.
J'admire la locomotive :
je suis avancé pour mon âge.

Pour visiter Honfleur, Trouville,
il faut traverser l'estuaire.
Moi, je n'ai pas le mal de mer :
y a des marins dans la famille.

Bolbec, Lillebonne, Étretat
font l'objet d'excursions diverses :
qu'on étouffe ou qu'il pleuve à verse,
on plaisante sur l'Ouest-État.

Paris, ça c'est une aventure.
Un marchand de cartes postales
à ma mère escroque dix balles
mon père en fait une figure.

On court voir les êtres en cire
exposés au musé' Grévin :
pour l'un d'eux on prend un gardien.
Ah là là, ce qu'on a pu rire.

Maintenant, à la Tour Eiffel!
Il fait chaud et c'est un dimanche.
On attend, papa s'impatiente :
voilà son foi' qui lui fait mal.

Le jour même, nous revenons.
On prend le train à Saint-Lazare.
Bientôt je vois cligner deux phares,
un rouge, un blanc : c'est ma maison.

Assis dans un fauteuil devant la cheminée
Père lisait Buffalo-Bill.
Accroupi près de lui j'avec soin déchirai
un livre à peine moins puéril.

Cet homme revenait d'Indo-Chine et d'Afrique.
Il avait le teint jaune et vert.
Il hébergeait en lui la colique hépatique
qui le foutait tout de travers.

Scarlatine, oreillons, orgelets, laryngites
nous nous partagions tous les deux
les maux les plus variés et les moins insolites
que nous soignions de notre mieux

en buvant la tisane, en croquant l'aspirine,
en avalant le fébrifuge,
en oignant le cérat, en piquant la morphine,
en dégustant la fade purge.

41

Des bûches qui dansaient dans la flamme étourdies
roulaient parfois sur le plancher
et mes soldats de plomb jetés dans l'incendie
me revenaient décolorés.

Le temps coulait fondu par le feu des fatigues.
Je paressais immensément,
épelant d'A à Z le *Larousse* prodigue
en faciles enchantements.

Et lorsque les beaux jours revenaient tout timides
d'un soleil en bonne santé,
père et fils se risquaient, convalescents livides
emmaillotés de cache-nez,

à faire quelques pas dans la campagne verte
ou bien dans la brune forêt
ou le long de la mer indigo et violette
sous un ciel encore ardoisé.

Ma mère m'emmenait parfois à Sainte-Adresse
dans une voiture à cheval.
On buvait du cidre, on mangeait de la crevette
dans un restaurant près du phare.

Elle m'emmenait également en vacances
à Orléans, aux Andelys
où successivement habita-z-une tante
qui me traitait comme son fils.

Le sien — (de fils) — Albert — inventait mille adresses
pour me distraire un petit-peu :
élevait des poissons; dressait une levrette;
apprivoisait un écureuil;

faisait chanter un merle; associait des substances
pour que vire le tournesol;
photographiait; peignait; faisait sécher des plantes;
chantait; tapotait des accords;

rimait; cyclait; dansait; mais toutes ces prouesses
me fichaient dans l'humilité.
Pour la première fois, en buvant des cerises
à l'eau-de-vi', je me saoûlai.

C'était aux Andelys, je crois, et ma famille
me regardait fort amusée.
Elle ne pensait pas qu'un jour mes fortes cuites
la feraient un peu déchanter.

Je ne décrirai point mon immense tristesse
lorsqu'il nous fallait revenir :
seul, un jour, un potiron sur une brouette
réussit à me faire rire.

Des objets singuliers :
                    le cornet acoustique
grâce auquel on communiquait
de la chambre à coucher avecque la boutique
en salivant dans le sifflet;
l'écrase bifteck-cru rouillant dans la cuisine
et dont je me servais parfois
pour broyer des pépins, des têtes de sardines
et de vieilles coques de noix;
la cage à mouche immense, une œuvre d'industrie
puant la colle de poisson
où bourdonnant vibrait la démonomanie
du bétail de la corruption.

Certes j'avais du goût pour l'ordure et la crasse,
images de ma haine et de mon désespoir :
le soleil maternel est un excrément noir
et toute joie une grimace.

Abandonné, trompé, enfant, dans quel miroir
verrais-tu ton image autre que déformée?
Drame du sein perdu, drame de préhistoire,
dans ta mère à présent tu vois l'autre *moitié*.

Elle m'appelle son pinson.
Elle raconte qu'elle m'aime.
Mon lit se trouve près du sien.
J'entends gémir cette infidèle.

Et puis mon père m'a battu :
j'avais craché sur sa personne.
Je courbe la tête vaincu :
je serai plus tard un grand homme.

J'ai découvert une caverne
d'où l'on ne peut me déloger.
Je voudrais un destin bien terne
que rien ne viendrait illustrer.

Rêves de guerre et de batailles,
dans le fort les plumes se rouillent.
On m'a inculqué l'art d'écrire :
je griffonne des aventures.

Mais je viens de dépasser l'âge
où je surpris la trahison.
Papa, maman : c'est un ménage.
Moi je suis leur petit garçon.

Le couronnement du défunt roi George V
fut un événement; mon père y assista.
De Londre' il rapporta des cavaliers des Indes
(en plomb) et un cigare long comme le bras.

Plusieurs calamités peu après cette fête
hérissèrent le poil de la plupart des gens :
on dérobe la Joconde un tableau de maître,
le Titanic effleure un iceberg géant.

Des images montraient d'illustres milliardaires
se noyant dans l'Atlantique avec dignité.
Puis on voit des bandits armés de revolvers
conduisant dans Paris de beaux autos volés.

C'est ainsi qu'on acquiert du goût pour les désastres
et les manchettes dans le papier quotidien.
En voyant le malheur dessiné par les astres,
on goûte celui des autres comme le sien.

Je retournais le sens des maux inévitables,
car j'aimais ma douleur, petite castration.
De tous les coups du sort, j'ai su faire une fable.
Le moins devient le plus : consolante inversion.

Les enfants estropiés deviennent saltimbanques.
A Rome on appréciait le fredon des eunuques.
— Mon père alla chercher ses gros sous à la Banque
parce qu'un Serbe avait tué là-bas l'archiduc.

Le 129 partit pour la grande imposture.
A la gare je vis s'embarquer mon cousin.
Vers minuit, pour rentrer, on prit une voiture,
et dans le fiacre obscur je criais « à Berlin ! »

Le soldat belge avait pour arme une tartine
et dans les ports normands réapparut l'Anglais.
Les Russes accouraient à Berlin en berline.
On apprécia bien peu le soleil éclipsé.

Le poilu nous revint avec une blessure.
Un gendarme faisait rengainer les drapeaux
(allusion délicate à la déconfiture).
La famille s'enfuit à Trouville en bateau.

Un géologue me fit don d'une ammonite.
Le train véhiculait des lots de réfugiés.
Les Prussiens avançaient prodigieusement vite.
A Rennes l'on se crut à peine en sûreté.

Le miracle attendu vint délivrer la France
bien que mes chers parents fussent bien peu chrétiens.
A la suite de quoi, nous reprîmes confiance;
d'un même mouvement, nous reprîmes le train.

A quelques pas des gazomètres,
j'appris le grec et le latin,
le français et la géométrie et l'algèbre et le dessin.
Les classes avaient lieu dans une
école de commerce dont
les murs tapissés de vitrines
exposaient des échantillons.

Notre principal professeur
avait été séminariste;
persécuté-persécuteur,
à ses tics il joignait un vice
et nous lisait le Dourakine
par de Ségur, la Rostopchine.

De plus il aimait le caca
qu'il appelait aussi la crotte
et racontait des anecdotes

concernant cette chose-là,
mais, pour éviter les redites,
se contentait d'allusions
dont l'une à Tibi Marguerite
dépassait ma compréhension.

Ceci rappelle à ma mémoire
que la bonne portait ce nom;
son artilleur était au front
et fignolait des écritoires
avec le cuivre des obus.
Mon cousin cuvait sa blessure
en entretenant Cartahu
(surnom tiré de la mâture
des grands quatre-mâts disparus).

Chaque jour rue Jules-Lecesne
défilaient des soldats anglais :
les troupes métropolitaines,
les coloniaux, les portugais,
et les sikhs conduisant des mules.
Avec les lettres majuscules
nous faisions un joli commerce.
Bruxelle' étant aux mains adverses,
on belgifia le Nice-Havrais
et quand j'allais à Sainte-Adresse
je croyais avoir voyagé.

Les ouvriers de chez Schneider
gagnaient de l'argent tant et plus;

pour eux : c' qu'il y avait d' plus cher !
pour les bourgeois : les résidus !
Père ne décolérait pas ;
c'était d'ailleurs un défaitiste
et préférait aux socialistes
le casque à pointe de là-bas.

Avec son ami le tailleur,
il se lamentait sur la France
dont le sort n'était pas meilleur
que celui, triste, de Byzance.
La victoire austro-germanique
ferait les pieds des francs-maçons,
des juifs et des démocratiques,
horrible bande de coçons.

Il s'abonnait aux journaux suisses
pour lire les communiqués
allemands, réelles délices ;
mais il n'osait trop se vanter
chez son coiffeur, un patriote,
qu'il trouvait que : « Je les grignote »
ce n'était qu'une absurdité.

Ainsi j'appris à suspecter
la véracité des gazettes,
à calmement envisager
une vraisemblable défaite.
Aussi deux ou trois ans plus tard

lorsque je me crus helléniste,
je joignis à ce scepticisme
le goût des éditions Teubner.
« Vivement la paix » me disais-je
« et que l'on aille en Allemagne
étudier la langue grège
et la latine, sa compagne. »

Ma grand-mère était sale et sentait si mauvais
que de plus d'une dame on ne revit l'ombrelle.
Sur un registre noir mon ancêtre collait
des bouts d'échantillon, ruban, crêpe ou dentelle.
Pour fixer ces chiffons mon aïeule employait
la colle de poisson gluant dans une écuelle.
Mon père laissait faire et se désespérait
des mauvais résultats de cet excès de zèle :
la guerre et cette odeur à coup sûr le ruinaient,
le magot s'effritait, se vidait l'escarcelle.
Ma mère défendait sa mère et rappelait
à mon père son origine tourangelle
et paysanne que ma mère méprisait,
car elle se disait bourgeoise et demoiselle,
fille de capitaine et fille de Havrais.
J'étais fort affecté de ces longues querelles
et de voir que mon père irrité bégayait
devenait rouge vif et perdait sa tutelle
et de voir que ma mère en fureur bafouillait
devenait pâle et blême et perdait la cervelle

cependant que grand-mère à table s'attablait
et laissait à ses pieds tomber le vermicelle.
Quelquefois les rivaux dans le champ m'invitaient
voulant que je formule un avis sans cautèle.
Pour papa? pour maman? prendre parti n'osais
bien que peu favorable à l'élément femelle.
Comme depuis deux ans mince la clientèle,
la boutique marchait seule sans le patron,
mon père m'emmenait avec lui au Gaumont
voir se multiplier les tours de manivelle.

Nous allions au Pathé, au Kursaal où grommelle
la foule des marins et des rôdeurs du port,
nous allions au Select où parfois je m'endors
quand solennellement gazouille un violoncelle.

Pendant que les Anglais échouent aux Dardanelles,
pendant que les Français résistent à Verdun,
pendant que le Cosaque écrasé par le Hun
s'enfuit en vacillant de terreur sur sa selle,

pour la première fois les illustres semelles
de Charlot vagabond, noctambule ou boxeur
marin, policeman, machiniste ou voleur
écrasent sur l'écran l'asphalte des venelles.

(Lorsque nous aurons ri des gags par ribambelles,
de la tarte à la crème et du stick recourbé,
lors nous découvrirons l'âme du révolté
et nous applaudirons à cet esprit rebelle.)

Pendant que des cow-boys avec leurs haridelles
gardaient non sans humeur des vaches et des veaux,
pendant que des bandits travaillant du cerveau
cambriolaient selon des méthodes nouvelles,

pendant que des putains infidèles et belles
menaient au désespoir de jeunes élégants,
pendant que des malheurs pour le moins surprenants
arrivaient par milliers à de blondes pucelles,

pendant que sur la face étanche de la toile
les flots de l'Océan humide déferlaient,
pendant que par barils le sang humain coulait
sans teinter le tissu blanchâtre de ce voile,

je cherchais à revoir l'image palpitante
d'un enfant dont le sort tenait aux anciens jours
mais ne parvenais pas à remonter le cours
d'un temps que sectionna la défense humiliante.

Le monde était changé, nous avions une histoire,
je me souvenais d'un passé,
lorsque dans l'*Épatant* Croquignol Filochard
Ribouldingue s'étaient montrés,
du temps où le *Bon-Point* d'une autre couverture
se revêtait pour l'acheteur
espérant, le naïf, confier à la reliure
ces fascicules en couleur,
de journaux disparus, des mardi-gras en masques,
des récréations d'autrefois
dans la cour où blessés fument des porte-casque,
et du couronnement des rois.

J'ai maintenant treize ans — mais que fut mon
    enfance?
Treize est un nombre impair
qui préside aux essais de sauver l'existence
en naviguant dans les enfers.

57

Treize moins huit font cinq — de cinq à la naissance
la nuit couvre cet avant-hier,
caverne et souterrains, angoisse et pénitence,
ignorance et mystère.

Le monde était changé, j'avais donc une histoire
comme la France ou l'Angleterre
et comme ces pays je perdais la mémoire
des premiers jours de cette guerre.

J'élève une statue aux pantins qu'agitèrent
mes mains avant de les détruire,
mais ne sais le vrai sens et le vrai caractère
de mes prétendus souvenirs.

Cette brume insensée où s'agitent des ombres,
comment pourrais-je l'éclaircir?
cette brume insensée où s'agitent des ombres,
— est-ce donc là mon avenir?

« Tu étais » me dit-on « méchant,
tu pleurnichais avec malice
devant des gens de connaissance,
c'était vraiment très embêtant.

« Tu chiâlais, enfant, comme un veau
et tu n'en faisais qu'à ta tête,
tu hurlais pour une calotte
et tu ameutais les badauds.

« Tu barbouillais de chocolat
tes beaux vêtements du dimanche
sous le prétexte que ta tante
avait oublié tes soldats.

« Maintenant tu es devenu
le plus grand cancre de ta classe,
nul en gym' et en langue anglaise
et chaque jeudi retenu.

« Sur des dizaines de cahiers
tu écris de longues histoires,
des romans, dis-tu, d'aventures ;
mon fils, te voilà bon-à-lier.

« Tu connais tous les pharaons
de la très vénérable Égypte,
tu veux déchiffrer le hittite,
mon fils, tu n'es qu'un cornichon.

« Je vois que tu transcris les noms
et les œuvres des géomètres
anciens tels que cet Archimède,
mon fils, tu n'as pas de raison ».

Alors je me mis au travail
et décrochai plus d'un diplôme.
Hélas ! quel paüvre jeune homme
plus tard je süis devenu.

II

To Infancy, o Lord, again I come
That I my Manhood may improve.

TRAHERNE

Je me couchai sur un divan
et me mis à raconter ma vie,
ce que je croyais être ma vie.
Ma vie, qu'est-ce que j'en connaissais?
Et ta vie, toi, qu'est-ce que tu en connais?
Et lui, là, est-ce qu'il la connaît,
sa vie?
Les voilà tous qui s'imaginent
que dans cette vaste combine
ils agissent tous comme ils le veulent
comme s'ils savaient ce qu'ils voulaient
comme s'ils voulaient ce qu'ils voulaient
comme s'ils voulaient ce qu'ils savaient
comme s'ils savaient ce qu'ils savaient.
Enfin me voilà donc couché
sur un divan près de Passy.
Je raconte tout ce qu'il me plaît :
je suis dans le psychanalysis.
Naturellement je commence
par des histoires assez récentes

63

que je crois assez importantes
par exemple que je viens de me fâcher avec mon ami
   Untel
pour des raisons confidentielles
mais le plus important
c'est que
je suis incapable de travailler
bref dans notre société
je suis un désadaptaté inadapté
né-
vrosé
un impuissant
alors sur un divan
me voilà donc en train de conter l'emploi de mon
   temps.

Je raconte un rêve :
un homme une femme
se promènent près d'une rivière,
un crocodile derrière
eux
les suit comme un chien.
Ce crocodile c'est moi-même
qui suis docile comme un chien
car quelque étrange magicien
m'a réduit à cette ombre extrême,
quelque étrange maléfacteur,
un jeteur de sorts, un damneur,
un ensemenceur d'anathèmes.

Moi? docile? mais? plus tard? ne me suis-je pas
    révolté?
Moi? docile? un rebelle?
J'ai cru me révolter et je me suis puni.
Le crocodile est mon enfance
nue
mon père agonisant gorgé de maladies
et mon amour
qui doit être puni
mon amour et mon innocence
mon amour et ma patrie
mon amour est ma souffrance
mon amour est mon paradis
le vert paradis des amours.
Pourquoi ce retour à l'enfance
pourquoi donc ce retour, toujours?
et pourquoi cette persistance
pourquoi cette persévérance
et pourquoi cette pestilence?
Un grand M mon moi revêtait,
car impuissant je ricanais
me repaissant de ma souffrance.

65

Il y a tant de rêves qu'on ne sait lequel prendre,
mes rêves durent des années,
mes rêves sont multipliés
par les récits à faire et les dire à entendre.

Je t'apporte l'enfant d'une nuit bitumée,
l'aile est phosphorescente et l'ombre, illuminée
par ces reflets de vérités,
charbons cassés brillants, reflète en chaque grain
le papillon réel et qui revient demain.

Les bouchons sur la mer indiquent les filets,
dans la barque l'on peine et l'on ahane,
les algues pendent aux crochets,
le poisson crève au vent, puis grille sur la flamme.

Et qu'as-tu donc pêché maintenant que l'hiver
    approche?
Des espaces sont désossés
et des plaines défrichées
et plus d'une tortue meurt dans sa carapace.

66

Tes songes sont moins secs que la queue d'un hareng
et les explications certaines.
La poésie est morte, le mystère est râlant,
dis-je.
Il faut revenir en arrière,
où que tu ailles tu te heurtes le nez.
Tu viens de passer le sevrage
et tu crois voir la nuit l'autre réalité :
ce ne sont que parents au temps de ton jeune âge.

L'herbe : sur l'herbe je n'ai rien à dire
mais encore quels sont ces bruits
ces bruits du jour et de la nuit
Le vent : sur le vent je n'ai rien à dire

Le chêne : sur le chêne je n'ai rien à dire
mais qui donc chantonne à minuit
qui donc grignote un pied du lit
Le rat : sur le rat je n'ai rien à dire

Le sable : sur le sable je n'ai rien à dire
mais qu'est-ce qui grince? c'est l'huis
qui donc halète? sinon lui
Le roc : sur le roc je n'ai rien à dire

L'étoile : sur l'étoile je n'ai rien à dire
c'est un son aigre comme un fruit
c'est un murmure qu'on poursuit
La lune : sur la lune je n'ai rien à dire

Le chien : sur le chien je n'ai rien à dire
c'est un soupir et c'est un cri
c'est un spasme un charivari
La ville : sur la ville je n'ai rien à dire

Le cœur : sur le cœur je n'ai rien à dire
du silence à jamais détruit
le sourd balaye les débris
Le soleil : ô monstre, ô Gorgone, ô Méduse
ô soleil.

La Science de Dieu : le soleil c'est le diable.
Comment expliquer une telle inversion?
Dans le Soleil règne le Mal :
c'est là que cuisent les démons.

Le Soleil est une poubelle,
un dépotoir et un charnier,
c'est l'enfer!
         on y jette à pelle-
que-veux-tu l'âme des damnés.

« Un des satans de l'Univers,
« partant, comme un vrai tartufe,
« il porte le manteau de Dieu;
« c'est un sépulcre blanchi,
« plein d'ossements et pourriture.
« Pour tromper les âmes, Satan
« s'habille en ange de lumière.

« Son noyau est excrémentiel.
« Fosse d'aisances du système,
« dans un mouvement fiévreux,
« un frottement acrimonieux,
« vivent les âmes des damnés
« des différentes planètes. »
Insulté par ces cris sauvages,
l'astre brillant de l'univers
de l'œuf céleste se révèle
le jaune,
et sur terre un louis d'or.

Du côté de Barcelonnette,
au solstice du printemps,
on lui offrait une omelette
et les prêtres d'Uitzilopotchli
emmerdaient sa statue,
car à chaque aube il revit
et porte sur son visage
la trace de son ordure.
Du Minotaure la danse
dans le dédale souterrain
de ces multiples renaissances
est le symbole quotidien,
car il trace sous l'horizon
sa route à travers les étoiles.
Ce labyrinthe est l'intestin
et le Minotaure — un soleil.
Où se joignent les trois jambes

71

du symbole de Lycie,
j'ai vu, source de ma vie!
la roue solaire qui flambe
et j'ai vu le Gorgoneion
la noble tête de Méduse,
ce visage ah! je le reconnais,
je reconnais l'affreux visage
et le regard qui pétrifie,
je reconnais l'affreuse odeur
de la haine qui terrifie,
je reconnais l'affreux soleil
féminin qui se putréfie,
je reconnais là mon enfance,
mon enfance encore et toujours,
source infectée, roue souillée,
tête coupée, femme méchante,
Méduse qui tires la langue,
c'est donc toi qui m'aurais châtré?

Le voisin de droite éteint sa tsf,
le voisin de gauche arrête son phono,
la voisine d'en haut cesse de glapir.
la voisine d'en bas ferme son piano.

Les gens ne tirent plus sur la chasse d'eau,
l'ascenseur ne chahute plus dans sa cage,
les camions ne tonnent plus sur le pavé,
dans la rue se tait le claxon des autos,

Sur le fleuve la sirène, et dans les gares
la locomotive, et partout la machine,
et la rumeur de la ville se dissout.
Le vent même ne fait plus bruire les arbres.

Personne ne crie personne ne parle et rien ne chante,
ni souffle, ni murmure, ni fracas,
mais quelque part il y a tant de bruit,
tant de hurlements, tant de bavardages, et qu'on
    n'entend pas.

Il y a une petite voix qui parle et qui parle et qui parle
et qui raconte des histoires à ne plus dormir.
Il y a une grosse voix qui gronde et gronde et gronde
et dont la colère est un tintamarre à n'en plus finir.

Je cherche le silence et *cherche après Titine*,
et Titine est ma mère après associations.
Le silence est celui de la chambre nuptiale
lorsque l'époux s'endort après son inaction.

L'amour viendra vers moi si le calme triomphe,
vérité de mon geste et sa dénonciation :
je sais pourquoi j'agis en dépit de ce monde.
Il faudrait que cela devînt ma guérison.

J'entends grincer en moi mille poulies de mort
et crisser sans répit de méchantes girouettes.
Comme Raymond, j'enlève une nonne sanglante
et la nonne est ma mère — après associations.

« Monsieur » lui ai-je dit « vous blaguez un peu fort!
Je ne puis supporter la turlupination
que vous me dites être une psychanalyse.
Je m'en vais promener jusqu'à la Saint Glinglin. »

Cependant je revins! j'étais devenu muet.
Le silence est donc double et j'essaie de cet autre,
mais si dire est pénible, encor bien plus se taire.
L'analyse reprend son cours interrompu.

Chaque jour un chemin régulier me conduit
d' Vaugirard à Passy
en traversant Javel (Usines Citroën)
et le fleuve la Seine.

Je prends chaque matin un café grande tasse
au bistrot près du pont.
Dans le noir jus je trempe une tartine grasse
(moi je trouve ça bon).

Puis je monte une rue où parfois grimpe un tram,
où parfois pisse un chien.
Dans un nouvel immeuble où flotte encor le sable
loge le médecin.

Il offre à mon service un divan pas très long
(je suis de grande taille).
On analyse alors cette association
— ce n'est pas un détail.

Car rien n'est un détail : ça devient agaçant,
on n' sait plus où se mettre,
Et si je trouve qu'il a le nez un peu grand,
ça doit me compromettre.

Il faut pourtant tout dire, et 'e plus difficile.
Si je n'hésite pas
à narrer des écarts sexuels et infertiles,
ce m'est un embarras

de parler sans détours de mort et de supplices
et d'écartèlements,
de bagnes, de prisons où de vaches sévices
rendent quasi-dément.

Mais ces liens à leur tour tomberont dénoués,
les symptômes s'expliquent
comme le crime en fin d'un roman policier :
mais ce n'est pas un crime!
Car si privé d'amour, enfant, tu voulus tuer
ce fut toi la victime.

Je n'ai donc pu rêver que de fausses manœuvres,
vaisseau que des hasards menaient de port en port,
de havre en havre et de la naissance à la mort,
sans connaître le fret ignorant de leur œuvre.

Marins et passagers et navire qui tangue
et ce je qui débute ont même expression,
une charte-partie ou la démolition,
mais sur ce pont se livrent des combats exsangues.

Voici : le capitaine a regardé les nuages
qui démolissaient l'horizon,
il descend dans la cale où déjà du naufrage
se profile l'inclinaison.

Voici : les rats se sauvent
et plus d'un prisonnier trouve sa délivrance.
La coquille a viré pour courir d'autres chances,
et voici : l'on innove.

Que disent les marins? ils grimpent aux cordages
en sacrant comme des loups,
ils ont passé la ligne affublés en sauvages,
voulant encor faire les fous.

Voici : ce navire entre dans d'autres eaux,
d'autres mers où les orages
n'ont pas détruit le balisage,
et voici : les marins ont fermé leurs couteaux.

Voici : ce ne sont plus vers de faux rivages
que nous appareillons.
La vie est un songe, dit-on,
mais deux c'est trop pour mon âge.

Puis un jour il fallut payer,
la chose alors devint grave,
puis un jour il y eut des
honoraires à débourser.
C'était pourtant bien agréable
d'avoir une oreille sous la main
et dérouler sa comédie
à peu près chaque matin
devant un psychologue fin
respectueux de vos giries
et voilà que le salopard
veut faire payer ces auditions.
Du coup j'en arrive en retard
et je brouille mes associations.
Lui sans s'en faire il continue
toujours très désintéressé
à me voir mettre mon cœur à nu
(mais il en veut à ma monnaie,
ça je le sais).
Il a beau m'expliquer des choses,

des choses et des choses
et multiplier les gloses :
tout ça, c'est du psychanasouillis.
Il en appelle à mes complexes,
à mes instincts, à mes manies,
à mes tics, à mes réflexes
conditionnels, à mes obsessions,
à mes rationalisations —
moi, le malade, je persiste
à juger ce psychanalyste :
c'est un avide, c'est un rapace,
c'est un bonhomme âpre au gain,
c'est un rapiat plein d'audace,
un bandit de grand chemin.
— Mais dans cette société
tout travail doit être payé.
— Et l'amour de l'humanité?
et le dévouement à la science?
— Il s'agit de votre inconscience
et de votre agressivité.
— Faux père et vieille faïence,
tu mériterais d'être brisé.
— Parvenez à cette connaissance
et voyez la réalité :
je ne suis père ni bandit
mais un médecin à Passy.
— Puisque maintenant je travaille,
puisque tu as bien travaillé,
laisse-moi quelque picaille
verser en ton porte-monnaie.

Chêne et chien voilà mes deux noms,
étymologie délicate :
comment garder l'anonymat
devant les dieux et les démons ?

Le chien est chien jusqu'à la moelle,
il est cynique, indélicat,
— enfant, je vis dans une ruelle
deux fox en coïta-
tion.

L'animal dévore et nique,
telles sont ses deux qualités ;
il est féroce et impulsif,
on sait où il aime mettre son nez.

Le chêne lui est noble et grand
il est fort et il est puissant

il est vert il est vivant
il est haut il est triomphant.

Le chien se repaîtrait de glands
s'il ne fréquentait les poubelles.
Du chêne la branche se tend
vers le ciel.

Dans le Paradis y avait
un arbre de la connaissance.
Le serpent au pied se lovait
et voici perdue Innocence.

Au bois je figurais pendu,
quelle virilité peu sûre.
Du sperme naît la mandragore
dans la nuit du tohu-bohu.

Flamboie maintenant le dragon,
toison d'or, coupe d'émeraude,
chevelure couleur de gaude,
pierre tombée de son front.

Cerbère attend son gâteau de miel.
Je l'ai nommé, c'est un monstre ·
trois têtes à ce serpent de garde,
crocs ses dents, griffes ses ongles.

Il me faut trouver tous les sens
de l'ex-libris et du blason :
ce chien reflète l'analyste,
c'est encore de l'agression !

Achève ce narcissisme,
vers le lac penche ta face :
à droite fleurit l'onanisme,
et là-bas le goût pour les fesses.

Symboles œuvres individuelles,
vous ne méritez que cela :
vous êtes comme moi mortels
et celui qui vivra verra.

Je vivrai donc puisque cet homme
m'a rendu, dit-il, clairvoyant
et que je sais de l'inconscient
discerner ombres et fantômes.

Ils n'avaient pas quitté le monde,
le monde les avait quittés.
Je n'ai pas méprisé l'immonde,
mais lui-même s'en est allé.

Le refoulé noir alchimique
qui dominait les réactions
se sublime dans l'alambic
de ces heures d'inaction.

Vétérinaire, horticulteur,
il s'insère dans mon destin.
Le chien redescend aux Enfers.
Le chêne se lève — enfin!

Il se met à marcher vers le sommet de la montagne.

III

La fête au village

Elle était si grande si grande la joie de leur cœur de joie
qu'au-dessus des montagnes il dansait le soleil et
qu'elle palpitait la terre
qui porte les moissons
Elle était si grande si grande la joie qu'elle jaillissait la
rivière
elle jaillissait la source entre les rochers et pissait en
riant
Si grande si grande qu'au-dessus des collines gambil-
laient les étoiles
et flottaient au vent des lambeaux nébuleuses
grande gaieté des astres
et la lune gonflée des sucs de la mémoire du jour et de
la nuit
La joie se balançait tout au long des hauteurs et le
long des vallées
Aux arbres y avait la feuille et le bouton
Aux champs y avait l'herbe la vache et le mouton
Aux cieux y avait l'oiseau et de doux mirlitons
Aux murs y avait l'lézard et le colimaçon

A la ville y avait l'homme avec une chanson
Vers la ville marchait la route à pas de bornes
C'est qu'y en avait des gens su' la route c'est qu'y en
    avait des gens
qui à bécane qui à vélo
dans sa carriole dans ses sabots
tant à cheval qu'à pied tant en vouéture qu'à dos de
    bête
et boum et boum c'est le canon
du secrétaire de la mairie
qu'a maintenant les mains toutes tachées de poudre
et le nez qui saigne après l'explosion.

Les v'là qui s'amènent pour la fête
tout vieux d'un an de travaux et tout jeunes d'oubli
bien bons pour la culture et pour d'autres métiers
Les v'là qui s'amènent avec la femme avec les fils avec
    les filles
avec les tout petits enfants
avec les animaux avec les beaux habits
avec les richesses avec les économies
avec de la joie de l'orteil au plumet
avec des couy' au cul avec des poings aux bras
avec du proverbe plein la langue avec du chant plein le
    gosier
avec de l'œil pour voir et de l'oreille pour entendre
avec du cœur
Avec du pique avec du trèfle et du carreau avec de
    l'atout
Les voilà-t-il pas qui se mettent à jouer

Ah chopines ah chopines i faut pas vous cacher
On descend à la cave où mûrissent les tonneaux
Les voilà-t-il pas qui se mettent à buver
Les verres vides c'est pour les chiens
les verres pleins c'est pour les chrétiens
C'est du bon liquide que l'on fait couler
Ça se renifle ça se fait claquer
entre la dalle et le palais
C'est du p'tit vin du jus d' raisin d' l'eau-de-vie de
   graine ou de l'eau-de-vie de grain
ça s'met dans le bec c'est avalé
ça s'boit ma foué comme du petit lait
Les voilà-t-il pas qui se mettent à chanter
à grands coups de gueules à coups d' gosiers
chacun la sienne et tous en chœur
et les voilà-t-il pas qui se mettent à danser

Eh bien, vieux, viens danser avec nous, vieux!
Viens agiter tes quilles sèches, vieux, et tes bras pas
   huilés
C'est le vieux montagnard avec sa barbe de sapin
c'est le vieux montagnard qui descend des montagnes
avec sa hache et ses fagots et son grand bonnet de
   fourrure
C'est le vieux montagnard qui descend de sa cabane
que gardent vigilants les aigles et les loups
— Si donc bien que je vas danser et la montagne
   avecque mi!
Hou que ça crisse les os Aïe que ça grince les coudes
Oï oï qu'il bêle le vieux rigolant

et roc et roc que fait sa dame et roc et roc que fait sa
    compagne
avec sa robe de cailloux et de ravins de hêtres de bois
    et de gui
Et roc et roc que fait sa cavalière
secouant la neige de ses cheveux

Alors pan pan pan pan pan
du vieux le fils
pan pan pan pan pan pan
alors le fils du vieux se tape le derrière par terre
pan
Il a de grandes oreilles pour entendre chanter les oiseaux
    des îles son fils
Il a des oreilles grandes comme tout et qui vont du
    septentrion
jusques à oui oui
jusques au midi
C'est un grand âne gris avec une belle croix noire dans
    le dos
qui brait et crie et pète bien fort pour faire rire les
    amis
du midi au septentrion oui oui
du faubourg à la grand'rue de la place à musique à la
    gare
de l'église au tour de ville de la mairie à l'abattoir
de chez Desbois à chez Dubois de chez Durand-z-à chez
    Dupont
du Quène à Lefébure et du Quin à Lefèvre
Ah quel âne et quel péteur quel chanteur quelle joie

Qu'on lui donne double portion de foin et de chardons
Et danse et danse encore le rond des villageois

Elles ont enlevé leurs ceintures les femmes, elles les ont
    pendues aux arbres avec leurs bas
et les serpents s'enroulent et montent au gui des cimes
Le gui des cimes on ne sait pas s'il danse la gavotte
le boxon zou la capucine
Elles ont enlevé leurs ceintures les femmes jarretelles et
    jarretières et leurs bas
Elles les ont pendus à la barbe de sapins
à la barbe du vieux qui se tord et ce qu'elle rigole
la vieille et ce qu'il se marre son fils
Comment vas-tu yau de poêle, disent les gas au maître
Ça vatte et ça vient qu'il répond
Le grand âne pète si fort que les maisons ça tombe
Grammercy adonc on habistera les campaignes ousqu'y a
    nos vignes dame oui
disent les gas avec leur bâton de cinq pieds et dix
    pouces qui leur monte du ventre
bâton durci grand axe d'acier aux pendeloques géantes
Des femmes le sein pointe
la fesse tremble *comme le lait caillé dans le bol du Bédouin*
le ventre frissonne
Elles ont dénoué leur ceinture le ciel couvre la terre la
    nuit les enveloppe
le jour le plus brillant
Le soleil et la lune vont de compagnie
Chantez dansez encore
jusqu'aux prochains travaux de la neuve saison.

PETITE
COSMOGONIE PORTATIVE

Premier chant

Naissance et jeunesse de la Terre. Elle mugit et enfante (1-45). La lune se détache d'elle (46-64). Volcans et sédiments (arbres et déluges) (64-79). Retour sur les origines : l'atome primitif, l'âge du monde, la nébuleuse primordiale (79-98). Les nombres (99-134). L'éclatement de l'atome primitif (79-134) donne naissance à la variété des choses représentée par l'arc-en-ciel (135-157). Le soleil (158-169). Le système solaire et la ronde des planètes (169-179). Mercure et Vénus (180), Mars (181), les astéroïdes (182), Jupiter et Saturne (183), Uranus (184), Neptune (185-187), Pluton (187-188). « Le silence éternel de ces espaces infinis... » (189-193). L'Océan Primaire et la naissance de la vie (194-213). Le passage des cristaux aux virus (214-224). La terre a enfanté (224-226).

Chêne et chien.   4.

La terre apparaît pâle et blette elle mugit
distillant les gruaux qui gloussent dans le tube
où s'aspirent les crus des croûtes de la nuit
gouttes de la microbienne entrée au sourd puits
la terre apparaît pâle et blette elle s'imbibe
de la sueur que vomit la fièvre des orages
Un calme s'établit Les nuages ont fondu
comme le plomb balourd des soldats survécus
Un lierre un gardénia des fleurs enfantillages
accomplissent le joug des temps mûrs sur la terre
C'est encor des vaccins et c'est encor des nuages
la piqûre d'éclair dans la cuisse des sols
et l'odeur de l'éther dans l'opération gée
et le taire du ciel modelant les montagnes
et le traire des monts la lave et l'archipel
la terre terrassant démente se démène
et se plisse comme un cul de sèche momie

Vers 1 à 17.

étalant ses varices éclatées Jeunesse
jeunesse ô jeunesse ô terre qui se promène
entre deux vagues de comètes paraboles
arbres des bustes noirs la comète est ellipse
arbres des lambris noirs elle va rétrograde
la comète inclinée en mil neuf cent et dix
arbres des cercles noirs arbres des piliers noirs
ô jeunesse ô jeunesse et cette terre qui
se contracte exaltée en sa mûre besogne
arbres qui sur la blette terre qui mugit
les arbres ont pondu des ravins de cigognes
hannetons en rafale et scarabées gigognes
les arbres ont meurtri leurs fentes crevassées
d'accouchements épais et plutôt vivipares
un train qui bêlait mou s'affirme vieux zoaire
et les barques coulant se veulent infusoires
la vie et puis la vie et puis de maints espoirs
le noyau qui se fisse et fendu comme fesse
altère une autre noix où les fils filiformes
gênent de leurs néants les possibles qui dorment
coquillages d'ivoire enveloppes de corne
les roues tournent galas dans le palais des spores
algues et champignons bouillant dans la marmite
c'est le seuil des sulfurs le déclin des bromates
un gramme de silicse perverse albumine
les chlorures les chaux dégustent les virus
trop grosses les cuillers ont versé laborantes

Vers 18 à 44.

des masses de liaisons qui déjà s'adultinent
Un gros moellon s'en va salut lune salut
jeunesse ô jeunesse ô des lundis arrachée
les champs du Pacifique écoutaient ta marée
salut lune salut lunaire est cet abîme
un grand trou dans la terre et voici les eaux noires
salut lune salut commère des histoires
des êtres qui cherchaient la déroute des monstres
se jetaient dans la plaie et vivaient inconnus
et toi caillou volais bourrelé de légendes
face de lampadaire et visage de brie
reine jaune ou blanchâtre et fusion de la nuit
point n'est besoin pour toi Sélènè de partir
de ce creux qu'aussi bien peut former la dérive
noir est le jour la nuit noir est l'arbre l'atome
claire saison des jours claire saison des nuits
buée au-dessus des eaux buée au-dessus des lunes
que valve toute lave en la porosité
que la mer se foudroie en la pluie et puis qu'une
pluie amène la mer au-dessus de tout mont
la terre est revenue avec ce profil blet
et ce nez avachi qu'emporta satellite
le lourd support cratère où gèle tout espace
cette érotique acné qui module la face
des mâles ingénus des premières espèces
et la terre plissait le sédiment des mers
bourgeonnait soupirait haletait ahanait

Vers 45 à 71.

boutonnait pleurnichait ahanait haletait
germinait haletait ahanait grommelait
drageonnait ahanait haletait grognonnait
pustulait boursouflait suppurait purulait
volcans de tout anus laves de ce sphincter
la terre avait conchié l'espace hyménoderme
la terre se voyait jeunesse en ces volumes
hyper leurs quatre trucs éclatement burlesque
atome insuffisant atome gigantesque
rien à rien suffisant tout au tout romanesque
le monde était moins vieux que les supputations
et la terre moins grû que quelque pute à Sion
la terre était bien vierge et bien bouillonnaveuse
quelque constellation se penche un peu baveuse
sur des destins humains et des destins d'homards
tandis que le miel coule en la fente argentée
des coquilles bleuies d'âge en âge hantées
par un diogène ermite à des noms raccordés
bernard de tout succinct crabe de tout refus
tandis que le salpêtre aux frontières s'éloigne
des sources de soleil très indistinct témoignage
que des brouillons plus précis étalés
jeunesse ô jeunesse ô jeunesse nébuleuse
la terre t'a comptée en tes éloignements.
et les muscles du sol se striaient savamment
en suivant la part fauve à la course impérieuse
réservée en l'instant par un calcul pubère

Vers 72 à 98.

Les chiffres autrefois hameçons de zéros
infiniment variés mijotaient en l'atome
indéfiniment nus indéfiniment beaux
mais leur compte était bon et les voici vaillants
chevauchant l'explosion ô jeunesse ô jeunesse
que le graphe griffait de son zig en zaguant
nébuleuse obstinée en ton éclatement
jaillissant d'un point cru du zest de tous les mondes
encore inépluchés encore tout enfants
et les nombres naviguaient en leur solitude
et les voici vainqueurs chevauchant l'amplitude
de l'abcès poinçonné du germe jaillissant
de la croûte disloque et du feu magistral
de la pustule expue et du grain vertical
et les voici glorieux en leur satisfaction
de se joindre au coude à coude en leurs additions
de se retirer chastes en leurs soustractions
et de se reproduire en multiplications
et de bien s'effondrer en toute division
de grandir à fond dtrain en exponentiation
et de se lambiner en simples logarithmes
et de se bien complaire en des tas d'algorithmes
jeunesse ô jeunesse ô quand un chatouillait deux
sans se douter que l'acte en extrairait le tiers
quand les signes d'algèbre amollissaient leurs jeux
quand les égalités reposaient dans le foie
alors analcoolique en l'atome adipeux

Vers 99 à 125.

et que le quatre alerte spermatozoïde
s'apprêtait à forer l'ovule arithmoïde
quand le pus des erreurs ne dégoulinait pas
de la preuve par neuf ou de l'orgueil comptable
ô jeunesse ô jeunesse alors à cette table
où le néant bouffait le déjeuner instable
des possibles confits en une identité
survint la loi tranchante et indécomposable
qui lança des trous d'être en l'indéfinité
Petit arbre veineux petit bleu coquillage
on ne sait d'où tu viens Les étoiles galopent
Des mondes l'entre-deux s'étale en une plage
dont on compte les voix tout comme en un gallup
petit vert autobus petit rouge meurtri
petit indigo bleu petit vert orangé
petite roue à crans petite jambe à jante
petit spectre d'azur petit mont de granit
petit orage mûr petite ère indulgente
un pinçon hors du temps a largement suffi
pour déclencher votre heure à l'horloge offensante
où l'espace au nez creux insolemment s'inscrit
La terre se formait Vives les nébuleuses
se trissaient en formant un espace au nez creux
pour que la terre y fît son nid où l'arbre bleu
le veineux coquillage et le rouge autobus
et tous les vers meurtris toutes les roues à jantes
et les jambes à crans et les monts de granit

Vers 126 à 152.

s'y forassent leur trou s'y fondissent eux-mêmes
ô jeunesse ô jeunesse ô ce soleil voilé
du viol de l'indigo des volets du violet
et des pleins de l'azur et des touches de rouge
et des chaleurs du jaune ô lumière ô jeunesse
ô soleil il se hisse imbibé de fardauds
des fardauds chauds d'un astre envoi d'évolution
il se hisse au-dessus de la ligne horizon
des jours majestueux des jours dégoulinant
les jours dégoulinaient le long de sa face orbe
dans la nuit ils coulaient La phosphoreuse morve
de leur jets indistincts adulait le soleil
quand la terre hésitait à sortir du sommeil
du possible ô jeunesse ô jeunesse ô jeunesse
soleil couperosé chevelu tacheté
semé de grains de son roux radiant rayonneux
père très attentif d'une tribu docile
ils cyclent consciencieux toupies acrobatiques
champions sélectionnés zigzaguant dans le ciel
leurs boucles pour un autre ont gueule d'astragale
car leur sport déconfit leur mouvement spirale
mais les malins ont vu l'astuce planétaire
et leurs paris sont bons ils reviennent à l'heure
à la minute à la seconde au siècle au jour
les coureurs obstinés dans la froideur des jours
la roulette est vaincue et le banquier fort riche
ne cesse de payer sans deviner qu'on triche

Vers 153 à 179.

le commerçant peut rêver la putain dormir
le colonel fumer du tabac caporal
des gamins divaguer en un jeu machinal
le fonctionnaire bâille et le vieillard somnole
ce féroce pédé se calme le zizi
le marin tout au loin lugubre se désole
de naviguer si près du bout de l'infini
car il ne connaît pas le mineur endurci
qui fonce aveuglément dans la fosse des nuits
l'ivresse basculante et la vue étourdie
ils fréquentent les ponts dans leurs carrosses blêmes
au risque de tomber à Neuilly dans la Seine
froids navets pâles planètes boules bémolles
cheminant compagnons de la terre agricole
jeunesse ô jeunesse ô terre encore ignicole
dont les plis se chargeaient de volcans ulcérés
et les rides crevant de l'un à l'autre pôle
propageaient les phlegmons des laves mijotées
Quel bouillon de culture un océan primaire
quelle lavasse piante il paraît surchauffée
la tiédasse bouillie en virus concoctée
en vir et contre tus l'océan accouchait
de merveilles de monts et d'algues diatomées
de grains albumineux de spores de pleine eau
boiteuses bactéries rotifères grumeaux
poivres gélatineux glaviots à l'air de morve
milliasses de points vifs larmes à l'air de larve

Vers 180 à 206.

frétillants bousculés de la neuve piscine
où barbotait la terre énorme et enfantine
un peu blette pourtant déjà pomme praline
pustulant du suc chaud de sa guerre intestine
nougat ébouillanté flottant dans la vermine
et bondissant parfois hors des eaux le dos fin
d'une montagne claire ô jeunesse ô jeunesse
les cristaux assemblés se frottant leur carrure
fulgurent Les cristaux bourgeonnante nature
travailleurs consciencieux savants nets stricts et purs
agitant leurs doigts fins savonnant leurs fissures
fulgurent Les cristaux laborieux horlogers
emprisonnant le temps dans leurs cribles filets
et parfois saisissant l'eau d'une goutte molle
fulgurent Les cristaux fécondants ignicoles
semant dans les matrices avides du sol
jetant leur terme exact sur des ovaires vagues
fulgurent La terre accouche en hurlant et drague
la magma lumineux et la boueuse vie
la terre apparaît pâle et blette Elle mugit

Vers 207 à 226.

Deuxième chant

Les premières sédimentations. Le limon et l'érosion (1-43). Apparition du règne végétal : les cryptogames (44-62). Les plantes à fleurs (63-71) et le premier animal butinant (72-85). L'évolution animale (86-97). Retour sur le passage du minéral au vital (98-115). Les cristaux (116-124) et la matière vivante (125-137). Le diamant et la perle (138-148). L'homme en surimpression (149-150). Naissance obscure de la vie (151-166). De nouveau, l'évolution animale (167-185). Espèces disparues et fossiles (186-194). Exemples de métazoaires tridermiques cœlomates (195-200). Un bonjour au Bernard l'Hermite (201-208). L'effort des espèces pour perdurer et l'insuccès fréquent de cette tentative (209-236).

Dans la croûte charnelle où gigotaient les dents
des cavernes en ébullition souterraine
saltarelle la buée opaque sur les ronces
et les monts cavalant dessus les continents
L'accordéon chantonne au bord des mers bouillies
sans qu'un doigt encor mou se pose sur ses touches
Le limon décortique la lave et la pierre
ponce et broyant le feu déjà soumis par l'air
le limon se nourrit de lui-même et de l'autre
c'est aussi l'épiderme et c'est aussi l'épeautre
le limon cuit rassit brunit et s'épaissit
le limon se fendille il grille et s'éparpille
le limon s'épaissit et devient une étoffe
le limon s'éparpille et devient limitrophe
le vent qui le soulève a déjà des volcans
étendu la fumée au-dessus des montagnes
il saupoudre les mers et rampant canasson

Vers 1 à 17.

frotte ses crins de nuage aux minéraux amorphes
ses quatre pieds tendus déglinguent la coupole
l'orage qui étouffait distendit le ciel
la terre craque encor la terre craquera
le limon savourait la liquide expression
il absorbe le vent récolte la tempête
ensemence le schiste effrite le granit
déguste le mica piétine le porphyre
entraîne l'horizon englobe les arêtes
caresse le rivage entretient le prurit
de la terre faramineuse qui soupire
la terre craque encor la terre craquera
sa tête se fendille et ses pieds se disloquent
son ventre frémissant bourgeonne de nombrils
une fente sillonne une ride atlantique
sa bouche s'égosille en cuves ventriloques
ses yeux ont sautillé puis recréant l'orbite
s'effondrent fulminant et ses oreilles eussent
bloqué les chahuts mais concordes elles ont
développé leur lobe en pas mal de sillons
le limon se répand le limon s'ingurgite
le limon se détend le limon précipite
le limon se tartine et le limon respire
le limon dégouline et le limon fleurit
le bulbe d'une bulle écosse sa pochette
d'air La terre se meut Le limon se craquèle
Soudain le duvet bruit Le limon se cisèle

Vers 18 à 44.

Soudain le duvet bruit La terre se démène
Le duvet dans le vent lance ses postillons
larousse ingurgité tout champignon qui sème
s'aime en sèche onanie et spore aux horizons
lichens algues de terre et mousse des montagnes
le manteau cohérent grimpe le long des flancs
sur le sol ondulant vers le ciel peu d'audace
la vague botanique avance nez avant
le cheveu genre brosse et les pieds dans l'argile
le noir obscur et mou des poussées végétales
veut verdir et chanter il transperce l'écaille
des tertres moins obscurs moins mous plus immobiles
et prépare les socs d'un labour agricole
assurément lointain car nul encor ne vole
au-dessus du duvet qui bruit anisoscèle
et nul encor ne vèle et nul n'use ses ailes
car seul bruit le duvet qui chante et qui verdit
sur la croûte incertaine oscillante attiédie
Quand la fleur brûlera les laves authentiques
quand les couleurs viendront injecter de leurs dons
les membres écartés autour des génésions
quand sur la terre enfin la teinte aromatique
apportera les tons inouïs des minéraux
quand le spectre odorant du luxe anthologique
barbouillera joyeux pétales et pétaux
quand la palette idoine aux jeux herboristiques
multiplira ses sons pour des corolles pures

Vers 45 à 71.

une bête viendra poser ses pattes sèches
sur le sexe parti des échos arc-en-ciel
une bête elle est là gigotant dans le bleu
une bête elle est là elle saute et volette
une bête elle est là molle et poussant ces yeux
une bête elle est là fille de ses ancêtres
une bête elle est là cassant ses origines
une bête elle est là transformant l'héritage
une bête elle est là elle est neuve fontaine
elle vient de l'abîme et sort de l'océan
elle vient de la terre et sort des atmosphères
tièdes pour déployer ses généalogies
au delà du gotha des classifications
déjà tant derrière elle Une bête est ici
Les fleurs parfums des algues constellationnaires
étalent la densité de leurs éclosions
tandis que l'animal se hisse anthropoaire
de l'atoll glavioteux aux organisations
tandis que l'animal se hisse myrmigène
du crachat tremblotant aux chitinisations
Une bête elle est là Le gazon fructifie
Il mûrit en lumière il mûrit en matière
d'une main ciselant les ondes picturales
et de l'autre jetant vers de faibles hauteurs
les possibles envols de chercheurs de tremplins
L'ancêtre est encor là Une bête est ici
Le sel de l'eau choyait des poches d'albumine

Vers 72 à 98.

il couvait de sa masse un projet de virus
Des cristaux engeignés dans l'être minéral
se hissaient fructifiant vers cette liberté
qu'un poids moléculaire alourdi promettait
comme un aigle éployé dévorant la matière
sur un pic du Caucase un gros foi dégustait
Vers la gelée active un sel géométrique
bondissant s'organise il meuble ses arêtes
du suc héréditaire et de ses ambitions
Le semeur endurci sous sa crocusse écorce
qui compte ses ptits pois ridés ou de senteur
voit surgir sur la face de la femelle morse
et la brève et la longue où s'essplique l'auteur
cette troupe indigène obéit pour ses plantes
apparaît noire ou rouge recroquevillée
selon l'acte ou la scène au rideau empesé
pour que œ leur ballet s'imposât la cadence
Le père polyèdre engendre réguliers
les cinq fils de l'espace où voltigeait Euclide
mais la coupe sévère et les tranches obliques
multiplient la figure à l'hydre minéral
ils se mussent secrets sous la couche d'argile
ils se tronquent la face en la gangue ductile
ils se clivent le tronc dans des poses fragiles
et s'entassent obscurs cependant parallèles
ils brillent dans la nuit du derme géogène
étuvant la lumière en l'hydre abicéphale

Vers 99 à 125.

un monstre très perclus à coup sûr très peu digne
de voir se transformer les structures axiales
en de céphalopodes incoordonnées
et les plans diagonaux et les axes sénaires
ou autres en chromosomes mous et biogènes
et les cubes et les prismes hexagonaux
quadratiques rhombo rhombi monocliniques
et tri soit doublement obliques se pencher
vers la mousse et la moue et la morve et la mort
de la nuée adipeuse au fond du crépuscule
chimique annonçant l'aube archidissymétrique
des êtres bousculant l'entropie en trop bue
le diam et la perlouze ont pas même origine
l'un c'est du minéral appliqué scolastique
s'efforçant vers de purs concepts géométriques
l'autre c'est l'animal souffrant d'une diarrhée
qui lui exalte une hypocrite maladie
pour en sublimer un complexe monovalve
en cette sphère indue indurée en la vulve
de l'hermaphrodite très obscur joaillier
qui plongé dans les flots dévore on le présume
les éclairs foudroyants encastrés dans la brume
à laquelle on attribue entre autres la lave
pierre ponce ponceu pilate pilâtreu
de rosiers l'homme fonce et s'enfonce ou bien vole
mais le cristal imberbe et sans hérédité
cherche une voie informe en l'océan primaire

Vers 126 à 152.

vers la cellule albumineuse entéléchie
à travers l'existence à peine eue en virus
nulle lettre n'est venue à la poste humaine
faire oblitérer en une inauguration
le timbre très précis et très philatélique
que la vie a collé sur ses structurations
Abîme et cavité fureur et demoiselles
l'antre de ces marais où vole libellule
l'espoir des cristaux creux qui créaient acricoles
en construisant du mou par des voies difficiles
Abîme et cavité colère et transparence
torse abandon de l'axe arque polarité
perce en ces océans défi dissymétrique
la première apparence de vitalité
Le lichen pue et la mousse s'effrite et l'algue
se souvenant de l'ancêtre aux pans purs et nets
refondent dans leur espace chlorophyllique
les lois et les beautés des droites cristaux-phores
Si les palmes dorées des bacilles infects
esquissaient le ballet des accidents banaux
si le jus concocté de microbes directs
jouissaient de tous leurs droits dans de l'être in vitro
si l'accident complet du tétane et du gone
aux coques des strétos ajoutait sa purée
des astres moins barbus moins salauds et moins vils
recherchaient hors du sol la conquête des eaux
Bouillies et tartes à la crème des orgasmes

Vers 153 à 179.

les préceptes du sperme instruisent les sans-sexes
ils apprennent la voie où la vie anomphale
énumérera fœtus amnios placenta
le chemin crevassé de monstres et d'anormes
qui serpente le long de la sphère évolue
où se place la bête et que construira l'homme
Et qu'importe l'ancêtre où va-t-il s'il est mort
qu'il ne vienne inconnu pas grignoter l'espèce
engendrée aujourd'hui par ses représentants
souvent très oublieux de vieilles carapaces
de l'antique albumen et du sperme archéant
On les découvre enfin mûris dans la résine
circoncis dans le schiste et confits dans l'albâtre
on les sort affolés du maritime abîme
de la caverne opaque ou même des musées
Ils se voyaient sans yeux dans l'océan primaire
s'évertuant indécis vers les articulés
car alors pas question encor de mammifères
l'annélide encerclait la vague de son pied
Entre temps se posa dans l'espace archaïque
le mollusque avec sa coquille et parfois sans
Bernard bien le bonjour Bernard Bernard l'Hermite
comment donc as-tu fait lorsque le corps moelleux
t'attendais astucieux au fond de quelque crique
qu'un confrère conard secrétât ta maison ?
les vers et les oursins menaçaient tes organes
cependant tu vécus Comment donc as-tu fait

Vers 180 à 206.

Bernard le dévêtu Bernard le cryptogame
pour guetter sans périr le travail des ocieux
Tant donc auront vécu ni faibles ni voraces
tant donc ont disparu féroces ou débiles
tant donc ont essayé leur espèce imbécile
par le fatras des os ou l'excès des viscères
tant donc auront tenté d'imposer à la terre
la présence ingénue audacieuse et baroque
d'une espèce accomplie en plusieurs exemplaires
Ils sont tous balayés La plus simple figure
ne surgit pas intacte après des millionnaires
La terre se secoue Ils sont tous balayés
Ils auraient pu survivre avec telle coquille
ils avaient la coquille ils avaient la santé
ils avaient une forme et son hérédité
ils auraient pu survivre Ils sont tous balayés
La terre se secoue et racle ses misères
la pouilleuse racaille âcre et tarabustante
qui gratouille sa face avec ses saltations
reptations à mucus bonds et piétinements
serpentements déclics et galopinations
frémissements de stop immobilisations
Elle bouscule elle balaie elle la terre
tendant un piège infect celui de l'ambition
L'animal persévère et l'espèce prospère
imbécile oublieux des révolusillons
du soleil laboureur des marges de l'horloge

Vers 207 à 233.

dans la pâte engluée où gîtent des espoirs
L'animal gonfle son espèce et cette poire
l'individu meurt doublement La terre enterre

Vers 234 à 236.

Troisième chant

Retour sur les corps simples. Le fer, le cuivre, le chlore et le sodium sont tout d'abord cités (1-6). Les éléments solides sont représentés comme formant une sphère dont chacun occupe un secteur proportionnel à son importance, (7-13) entourée par les gazeux (14-23) et arrosée par les liquides (24-26), le brome (26-31), le gallium (31-33) et le mercure (34-52). Hermès (53-62). L'auteur demande au dieu d'expliquer au lecteur le sens général de ce poème (63-88). Prosopopée d'Hermès (89-137). Remerciements de l'auteur (137-142). L'énumération des corps simples reprend : le lithium (143-148). Parenthèse: la sphère idéale des éléments (149-153). Le béryllium (154-159). Le bore (160-161). Le carbone (161-171). Le silicium vient ensuite à cause de la quadrivalence (172-179). L'aluminium (180-81). Le calcium (182). Le sodium (183). Le potassium (184-188). Le magnésium (189). Le titane (190-195). Le phosphore (196-199). Le soufre (199). Le scandium (200-216). L'énumération s'arrête à ce vingt et unième élément (217-218). Allusion au vanadium (219-220) aux éléments 84, 85, 86 et 87 (221-222) et aux éléments transuraniens (223). Pourquoi l'arrêt au scandium (224-229).

Le fer a ses vaisseaux le cuivre ses matraques
le chlore et le sodium se joignent à l'Estaque
se grugent en Vendée et s'abîment au Havre
où la chaux ammonite effrite ses falaises
La centaine est venue alerte et rocambole
se mêler en des sels des cristaux et des terres
Quand donc étaient-ils purs et quand donc leur
    plumage
révélant leur couleur les montrait-il à cru?
Y eut-il un instant paterne et décharné
où tous les éléments préparant leur ballet
présentaient leur surface hostile à tout alliage
la cassure bien nette et la nervure ailée
sur la sphère incisant des régions autonomes?
Les nuages se gonflaient chacun à sa façon
l'un était plein d'azote et l'autre de solon
un troisième intrépide avait choisi l'argon

Vers 1 à 16.

de petits cumuli s'éclairaient au néon
de modestes kryptons voyaient trentt six chandelles
et le xénon n'avait que peu d'identité
le chlore coloré colérait l'hydrogène
tandis que le fluor en esprit virulent
attendait feux et flamme et de faire des spaths
et le mi-tout c'était le poumon oxygène
Rares étaient les rûs en leur course liquide
trois seulement traçaient suldos dl'ellipsoïde
leurs trajets minima Le brome fleurait bon
suffocant au zénith et calmant au nadir
lorsqu'il aura trouvé l'ure anaphrodisiaque
derrière les bocaux des potards élégiaques
sur ses flots bruns jetés flambe l'aluminium
métal à casserole A quelques pas de lui
le gallium surfondu beurre de petits lits
avant de se tapir en la blende zinguée
Évitant des splendeurs le fatal amalgame
et tout près de surgir en colonnes fluantes
pour tenter dans le ciel la chaleur polygame
ou courber le variable en arc oscillatoire
Du beau sec sex fex fixe aux tempêtes gluantes
merveille du liquide extase élémentale
et fluide et subtile en gouttes dessinée
gouttes joueuses riantes plus que des ludions
le seul qui fut un dieu le baroque métal
ruisselait sur le corps de la boule solide

Vers 17 à 43.

et parfaitement pur ne faisait pas la queue
il visera plus tard le frère planétaire
il visera plus tard l'affre syphilitique
il visera plus tard l'explosion fulminate
il visera plus haut que le manuel scolaire
qui lui donne un cortège d'octante électrons
il visera plus haut que l'urne apothicaire
que le sublime même s'il est corrosif
ou que le souvenir d'un nègre laxatif
Né natif du cinabre émis par l'illusion
serpent vert aboyant après l'arbre de Diane
père autolycéen guide des défunctions
parcoureur des enfers libérateur des âmes
adresse du poète algorithme alchimique
toi dont le portrait borne insulta l'alcibiade
socratique dandy satrapant chez les Perses
toi qui sais pourlécher de ta langue transverse
les travaux inspirés aux forgerons de rythmes
mineur de l'allusion tailleur de métaphores
Hermès explique donc à ces français lecteurs
la clarté de ce carme en six parts divisé
Mercure ajuste donc leur castuce artésienne
au naïf synopsis de ce petit poème
Hermès expose donc le très simple projet
que tracera ma plume à l'aide de vocables
pour la plupart choisis parmi ceux des Français
Torcheur de vieux pavés distilleur des essences

Vers 44 à 70.

broyeur de galets mous fin solveur de rébus
manipule les clés de ma concupiscence
et les trous de serrure où gîtent nos obus
'conome de pensée algébreur d'émotions
colporteur des agneaux généreux psychopompe
copronyme étallique aturbide aviateur
dans les colorados éthiops hydrargyrose
vif vif vif vif vif vif explique un peu si t'oses
pourquoi steu poésie est bien la fille à toi
bien que claire et diaphane ingénue et limpide
agreste et scientifique hexamètre et candide :
hermétique ne suis herméneutique accepte
Sur le Cyllène au delà de Saint-Clair-sur-Epte
bégayant dans mes bras je te pris nourrisson
maintenant t'as grandi tu sais xé qu'un concept
le vent et l'alphabet des significations
(c'est encor moi qui parle) (il faut bien remarquer
que point ne l'ai-je encore appelé Trismégiste)
« Malgré son irrespect nous leur expliquerons
à ces lecteurs français son dessein bénévole
Au lieu de renoncule ou bien de liseron
il a pris le calcium et l'abeille alvéole
Compris? au lieu de banc ou de lune au printemps
il a pris la cellule et la fonction phénol
Compris? au lieu de mort, d'ancêtres ou d'enfants
il a pris un volcan Régulus ou Algol
au lieu de comparer les filles à des roses

Vers 71 à 97.

et leurs sautes d'humeur aux pétales qui volent
il voit dans chaque science un registre bouillant
Les mots se gonfleront du suc de toutes choses
de la sève savante et du docte latex
On parle des bleuets et de la marguerite
alors pourquoi pas de la pechblende pourquoi?
on parle du front des yeux du nez de la bouche
alors pourquoi pas de chromosomes pourquoi?
on parle de Minos et de Pasiphaé
du pélican lassé qui revient d'un voyage
du vierge du vivace et du bel aujourd'hui
on parle d'albatros aux ailes de géant
de bateaux descendant des fleuves impassibles
d'enfants qui dans le noir volent des étincelles
alors de pourquoi pas l'électromagnétisme
ce n'est pas qu'il (c'est moi) sache très bien ce xé
les autres savaient-ils ce xétait que les roses
l'albatros le voyage un enfant un bateau
ils en ont bien parlé! l'important c'est qu'ils osent
Comme de son nid s'envole un petit zoizeau
l'aile un peu déplumée et le bec balistique
celui-ci voyez-vous n'a rien de didactique
que didacterait-il sachant à peine rien
(merci) les mots pour lui saveur ont volatile
la violette et l'osmose ont la même épaisseur
l'âme et le wolfram ont des sons acoquinés
cajole et kaolin assonances usées

Vers 98 à 124.

souffrant et sulfureux sont tous deux adjectifs
le choix s'étend des pieds jusqu'au septentrion
du nadir à l'oreille et du radar au pif
De quelque calembour naît signification
l'écriture parfois devient automatique
le monde ne subit point de déformation
très conforme en est la représentasillon
des choses à ces mots vague biunivoque
bicontinue et translucide et réciproque
choses mots choses mots et des alexandrins
ce petit prend le son comme la chose vient
modeste est son travail fluide est sa pensée
si pensée il y a » Merci derlindindin
Ainsi parla Mercure et le poète n'ose
de la divinité contester l'adipos'
ité d'un corps support d'une tête ankilos'
ée on ne sait pas trop bien que divinisée
Passe ainsi le cinabre à la sueur poétique
De la pierre le nom plus léger que de l'eau
préparait d'Augustin la santé du cerveau
en ces temps divisés aux limites d'espace
et quand on savait pas très bien de l'estomace
la place en l'homme au ventre ou sous les pectoraux
bien sûr que ça n'existait pas encore l'eau
les éléments plaçaient plus ou moins isotopes
leur atome pointu de la croûte à la taupe
vierge de tout chimisme en ce noir confluent

Vers 125 à 151.

Chêne et chien.   5.

la croupe sphérique approximativement
expose sur le sol la question posément
Au péril de la mer haute en glu signe un homme
et ce vert pâturage exhydre la denrée
un peu molle et future où l'huître grise pomme
exhale sa saveur entre deux diatomées
écho lointain et mol du béryl émeraude
cristal au vert museau quadriélectroné
Le tinkal qui se gonfle albumine baveuse
glacé ne rachera l'esprit pur du charbon
A partir de ce frère aux quatre hameçons
s'architecturera l'albumine baveuse
et la lampe à pétrole et la douce aspirine
et le sucre et l'alcool l'indol et l'indigo
et la noire aniline et la gutta-percha
par cents et par milliers fuseront à gogo
les enfants du carbone et d'autres numéros
et pourtant son secteur est voisin de zéro
deux pour cent qu'il paraît minable et magnifique
puisque l'homme en a fait la chimie organique
il le détrônera quand la quadrivalence
assigne au silicium toute sa ressemblance
second en quantité Ces êtres parallèles
nourrissent l'un la terre et l'autre la biosphère
si l'icône endormie accepte le plastique
l'homme recréateur vivifiera le gel
la vitrification et le quartz rhomboèdre

Vers 152 à 178.

en échos inconnus de carbonifériens
Le métal à castrolle un peu plus haut nommé
répand sa quantité sur l'astringent alun
le calcium près du fer s'était déjà montré
et le sodium arrive à leur queue océane
poudres cendres de pot salpêtres et vinasses
amorces et poisons les varechs les cautères
les pyrophores et la liqueur de cailloux
incarnent de kali la flamme turbulente
incarnat violette et qui dans la carnallite
voisine avec le feu de la fée autographe
L'hydre gênant le ciel surgira le titane
encor quelque étendu pour futur anabase
aspects non moins sphéreux que rutile arkansite
non moins aciculaire et non moins pénétrant
avant de disperser les cheveux d'Aphrodite
supportant comme Atlas le poids d'un nom d'argile
enchlor très étendu mais suivant fils d'urine
Lucifer invaincu par la térébenthine
garnira l'os des vifs et d'un art sulfureux
complice du voisin garnira la cuisine
et puis toi te voilà vingt-unième élément
mais toi-même restant un indistinct chimique
je me puis comparer à tes incertitudes
pourquoi te nomma-t-on de cette nommation
toi dont on ne sait rien à peine tes filiales
pourquoi t'emmêlas-tu dans les terres yttriques

Vers 179 à 205.

toi qui bien loin de là précèdes le titane
pourquoi n'attiras-tu de fidèles disciples
pour te bien déguster au-delà du wolfram
Présentons notre hommage à la thorvéitite
respectons l'oxalate aussi le fluorure
voyons de ce métal la fragile carrure
et surtout discernons l'écart des terres rares
mais pourquoi le scandium? Pourquoi ce substantif
placé comme un nammson au vingt-unième rang
quoi donc légitima ce substantif logique
qui pourra me permettre une concluzillon
car je n'ai plus assez de vers pour ces lourdingues
qui du chrome au bismuth s'étalent s'étalant
précédés de l'ascidien de Minasragra
dont un soupçon fait quelque chose à un vivant
Que dire de l'astanine et du polonium
que dire du francium et de l'émanation
enfin que dire des nouveaux iums engendrés
Ce chant topologique épanouit le scandium
ainsi nommé c'est sûr à cause des scansions
vingt et un c'est mon chiffre et voilà quel scandale
le métal inconnu le métal pauvre hère
qui vient légitimer l'entreprise initiale
Le poème jaillit d'un coin de cette terre

Vers 206 à 229.

132

Quatrième chant

De nouveau, le passage du cristal aux virus (1-10). La mosaïque du tabac (11-18). La terre comme « noyau » et son « électron », la lune (19-29). Encore le passage du cristal au virus (30-41). La cellule vivante comme fragment de soleil (42-51). Les êtres monocellulaires (52-81). L'audace de la première cellule (82-87), sa descendance : le règne animal entier (88-94) lequel a une forte tendance au carnivorisme (95-106). La sexualité (107-109). Invocation à Vénus (110-152). Les espèces animales jusqu'au trilobite (153-162). Le limule (163-164). Le scorpion, premier animal terrestre (165-190). Les crustacés (191-197). Les insectes aptérygotes (197-204). L'invention des ailes (205-219). Les éphémères (220-226). La libellule (227-229), la blatte (230-232). Les termites (233-238).

Cristal tu cristal pas cristal pas cristal tu
comptine des sommets des faces des arêtes
cristal pas cristal tu cristal tu cristal pas
clivez vous nettement clivez puisque vous êtes
nourrissez-vous des sucs comme les simples pores
et lorsque vous cassez poussez tel le homard
D'un cylindre le bout aux verres concassés
acceptant leurs couleurs subdivise leurs formes
on ne reconnaît plus dans les trucs combinés
les éléments premiers et les très simples normes
Tabac tu tabac pas tabac pas tabac tu
mosaïque la fille au kaléidoscope
tabac pas tabac tu tabac tu tabac pas
la combine elle arrive au jeu du microscope
où donc est-il l'ozone à l'odorat bleuâtre
où donc est-elle l'eau qu'on dit être potable
un millionième atome achève la structure

Vers 1 à 17.

et ce qui vit alors c'est un échafaudage
De plus grands amas font le gros noyau dit terre
et son électron mort qui pousse les marées
altitude des eaux rigueur des alizés
le feu d'un jeu de paille au format d'une vague
et les horizons mous étendus chaque jour
pour les algues gonflant leurs ballons de fouttballe
et pour tous les vaisseaux qui bien arriveront
malgré les ouragans et les serpents de mer
mais la face glacée épouse encor les bords
où surgiront plus tard les studios atomiques
et les thés dégustés devant les caméras
Peu d'eau daigne en ces temps monter d'un centimètre
la joue aigre et violette à cette jeune gée
garde le flot la baisse et les marées en cage
La lumière aplanie asymètre un cristal
sur les bords exaucés des lagunes saumâtres
S'accroît le rhomboèdre et s'accroît la surface
s'acquiert un pan de mur et s'acquiert une pointe
se parfait le couvercle et s'étend le volume
le hyalin deviendra mosaïque au cigare
le saphir est l'ancêtre et la source à tout rhume
le diamant c'est probable engendre des virus
si le soleil se casse en le biréfringeant
c'est des bouts de soleil ces glaviots minuscules
les taches du grand homme ont fait leurs petits gènes
Dans l'espace homogène impose un homuncule

Vers 18 à 44.

le rayon jaunissant effondrant tétraèdre
tisonné par le noir aqueux et cosmogène
sur la digue tangente en brisures plumées
le gluant hélicule étend des convulsions
en panaches géants couronnes pseudopées
Qu'Aldébaran flagelle ou bien que Sirius cille
dans l'océan stellaire une vie elle est née
Ces astres saisissant des éléments premiers
et les formes têtues en leur géométrie
un squelette s'offrant de silice et de craie
il s'amibe en l'abîme et s'abîme en l'abysse
Les milliards de grumeaux plus ou moins charpentés
construisent de leurs morts sans cure état-civile
telle épaisse tartine au cœur sédimentaire
ça vibrait ça vibrait empressés vibratiles
minuscules et crus obstinés cellulaires
leurs éruptions bâfraient susdites diatomées
la patte prétendue avait cycle d'onze ans
L'un se nommait Joseph l'autre s'appelait Paul
ils avaient leurs façons leurs us et leurs coutumes
Billionnaires ils sont en couches géocoles
couchés l'un près de l'autre en rocaille posthume
L'un se nommait Alphonse et l'autre Eviradnus
ils avaient leur chapeau leur masque et leur costume
Tourbière de bestiaux crème de radiolaires
foultitude assoupie au fond des marécages
l'un maniait l'aviron et l'autre la godille

Vers 45 à 71.

traversant les années à coups de division
ils vont parfois hanter la lunette excentrique
d'un bipède penché sur un mince horizon
cernant dans la lumière un passé minuscule
Eux ils avaient alors la foi et l'ambition
concurrents atrébaux glaviotiers fivrillant
bâtisseurs d'empire aventuriers inventeurs
plongés jusques au cou dans la lessive opime
sans jamais se croiser les cils ou les pseudopes
défièrent la gravité des lois et des choses
Fallait-il qu'elle en ait du courage l'inconne
sciente cellule neuve et vraiment autochtone
lorsque jeta sa vie à l'assaut de la mort
c'est qu'elle si le fit ne savait pas encor
et lorsqu'elle entreprit la construction fumeuse
d'êtres tout étoffés de sa gloire morveuse
Y en aura des petits y en aura des colosses
y en aura des verts des noirs des bleus et des blancs
y en aura des osseux d'autres avec nervures
enfin ça y est j'y suis la voilà la nature
le grand règne animal mon espèce y figure
je prends un ver de terre ou mieux un asticot
admirons le velours de ses petits gigots
C'est Lucilia Caesar qu'a pondu cet infâme
aussi bien c'est pour ça qu'on le suspend à l'hameçon Tout poisson qui happe est un poisson mangé
la farine subit l'assaut des charançons

Vers 72 à 98.

l'homme dévore lui les petits croissants blonds
l'annélide vertige et la fièvre anophèle
la chenille décortiquée et l'hirondelle
ravageuse de minimes êtres volants
le lion qui ronge un tigre et la girafe une herbe
ne peuvent refuser d'être les descendants
de la cellule unique édentée et imberbe
qui découvrit que c'est dégustable un vivant
Mais combien plus génial ingénieur et superbe
fut le premier sexué qui projeta la gerbe
de sa spermalité sur un double femelle
Aimable banditrix des hommes volupté
qui donnes à l'être un trou pour éjaculer
aux montagnes le val aux pistons le cylindre
aux éléphants l'infante aux tigres le Bengale
aux taureaux une vache aux cigaux la cigale
au soleil toute nuit et à l'homme la femme
par toi les animaux en leur lieu en leur temps
savourent la planète en y procréfoutant
Y a beaucoup à parier que l'unicellulaire
n'avait pas dû prévoir que le métazoaire
prendrait tant de plaisir à grimper sa moitié
Il faut faire exception pour la race de vierges
qui sans mâle fournit à des laboratoires
le matériel phasmien de moroses carauses
Aimable banditrix des hommes volupté
toi qui créas le foutre et la féminité

Vers 99 à 125.

qui donnas aux poissons les œufs et la laitance
qui donnas à la mante un respect religieux
pour le mâle croqué qui se souvient des cieux
mère des jeux des arts et de la tolérance
qui donnas à la pute un goût de carrefour
au tender sa loco et au lingot son four
toi qui fis de l'écume une pipe de mer
de la moule une vulve et du chêne des glands
anime cette plume à la forme phallique
pour doxologiser tes exploits mirifiques
Lorsque l'épais soleil revenant de sa course
émerge de la nuit du froid et de l'hiver
alors dans la campagne on constate ébahi
que d'autres animaux vont naître après coï
Près des prés près des eaux tout un peuple naïf
se démène incongru bétail ou volatile
la dinde le dindon le cheval la jument
passqu'un calendrier dit que c'est le printemps
L'homme dans ses cités jaloux de son destin
l'homme baise le soir et baise le matin
il baise à la Noël à Pâque' à la Toussaint
le quatorze juillet et le onze novembre
il baise quand il pleut il baise quand il vente
sans vouloir qu'un soleil globe peu astucieux
dicte les hauts et bas du membre prépucieux
Aimable banditrix des hommes volupté
prends-moi par la main (disons) et montre-moi comme

Vers 126 à 152.

141

au-delà des coraux aux ambitions atolles
ils vont faire l'amour les mignons nématodes
les némertiens gentils et les gais rotifères
les lingules cornées et les flustres spongieuses
les annélides aux baladeuses soyeuses
et les mollusques mous et les onychophores
l'immortel tardigrade et papa trilobite
car cestuy-ci vécut aux temps géologiques
il nageait dans l'eau tiède de l'ère primaire
où l'homme aurait crevé d'épouvante première
Le limule déjà grinçant dans l'aquarium
fout la trouille à Untel puisque ainsi l'on se nomme
Toute plante était crypte et tout bestial aqueux
rare était l'ambulant arbre était la fougère
admirons admirons l'arthropode scorpion
qui le premier risqua ses huit petites pattes
sur un sol ignorant l'animale traction
Il ne désirait pas faire de l'édition
en ces temps balbutiants l'audacieux arachnide
lorsqu'il conquit la terre en sa course intrépide
au pays du Silure où gigantait le prêle
avant que s'y logea cette tribu galloise
entre un comté Devon et le Connemara
L'insulaire tribu elle est bien décimée
il n'en reste qu'un nom pour les joies géologues
y a pas longtemps de ça mais des millions d'années
laissèrent impeccable admirons admirons

Vers 153 à 179.

l'arthropode scorpion premier des géotopes
disent du moins ses agents de publicité
zouave de l'Algérie et Colomb des Antilles
inventeur de la vie hors des mers océanes
maître ne nageant plus d'une respiration
voici le grand ancêtre au peigne énigmatique
qui poursuit son destin immuable et sévère
en laissant croire à l'homme un goût pour le suicide
lorsque cet imbécile agit en incendiaire
et se mettant à part de toute évolution
admirons admirons l'arthropode scorpion
Mais déjà les voisins arrivent en surnombre
pattes n'ont plus que six et l'antenne alertée
se retrouvent bien loin du pauvre crustacé
qui mène en l'océan une vie en pénombre
et réserve à l'humain le festin de ses chairs
avec la modestie accordée aux marennes
fruits de mer fruits de mer déjà le thysanoure
après le collembole et l'infime protoure
se prépare à la lutte antibouquinistique
tout autant qu'aux exploits myrmécophilistiques
Lépisme au dos d'argent lecteur des in-folios
toi que je vis courir dans l'œuvre de Vico
traduit par Michelet ton frère synœcète
voyou s'enivrera d'un suc formicidal
et leurs larves bien loin du vetust'rilobite
bien loin du pygidium pour plaisantins scolaires

Vers 180 à 206.

récupèrent les expansions paranotales
paranotales je dis bien paranotales
écho des plèvres larges lames latérales
lesquelles par invention évoluvitale
feront rebondir un paléodictyoptère
parce qu'il y aura des fleurs dans l'atmosphère
et qu'un vivant mobile aura eu cette idée
que l'air est un espace où l'on peut sdéplacer
comme fera plus tard un nommé Vilburvrichte
et cette invention qui n'a pas de parallèle
les ptérygotes l'ont trouvé ce sont les ailes
on suppose aisément qu'en ces temps très primaires
quelque obtus crustacé disait c'est éphémère
et voilà que survient pleine contradiction
l'ordre unifamilial des premiers plectoptères
et c'est les soirs d'été de dimanche à Meudon
après l'évolution des groupes éphémères
la danse sourde des tout petits hydravions
et l'homme qu'a pas d'aile en cause en cause en cause
s'effarant sur le temps qu'a pas de dimensions
L'odonate est plus fort mi-carême de masque
le vol qui semble pur au-dessus des ruisseaux
de la libellule et très loin voici la blatte
grand'mère à la fameuse mante athéistique
la blatte cette amie aux bords des bains attiques
lucifuge copine et surtout tropicale
et tout de suite après en des temps secondaires

Vers 207 à 233.

l'homme s'heurte c'est drôle à la foule isoptère
à l'homme ses savants diront en leurs bouquins
qu'il est de grands pays réels géographiques
où n'existe vraiment que l'animal termite
Et l'homme industrieux s'en montre tout surpris

Vers 234 à 238.

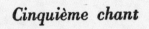

Cinquième chant

Retour sur le règne végétal (1-38). Nécessité et rôle de la chlorophylle (39-61). Suite des termites et fin des insectes (62-90). Retour à la souche des Cordés. Les échinodermes, les entéropneustes (91-101). Les Tuniciers (102-109). L'amphioxus (110-116). Poissons, batraciens et reptiles. Pêche et muséographie (117-143). L'homme en surimpression (144-150). Les oiseaux (150-155). Les mammifères, dont chaque famille prépare un aspect de l'humanité (156-219). Les primates (220-228).

A coups d'épées de morts le style des virages
décalitres d'urée aux bords des excréments
voici donc que se meut sur l'escalier des âges
géologiques la colonne des vivants
des meurtres la foison des coïts la cohue
la ramure de l'arbre et les rameaux des poulpes
les feuilles d'astérie et les cactus oursins
les rimes poursuivant des formes le ramage
et les échos des bois percutant les roseaux
l'osier des lits trop mous et le berceau des tombes
le cresson d'urinal et le vert pré des eaux
il est plus d'une palme en l'éclat d'une bombe
il est moins d'un bourgeon dans la paix des gluaux
il est plus d'une balle en l'âme des sureaux
il est moins d'une fronde aux saisons rebondies
la verdure des eaux la verdure des branches
l'appât pour ces rayons tombés d'un soleil roux

Vers 1 à 17.

le filet pour le flot des éclairs et des flèches
les marais englués où prospèrent les sphaignes
Un labeur minuscule a rectifié la mort
des accumulateurs la cheminée envoie
au bleu du ciel sa larme à peine évaporée
mais noire alors qu'au cul des teufteufs la fumée
indique aux bactéries que l'homme n'est pas loin
Le savant connaît l'ozone mais pas l'aï
tous deux également sans lui crieraient bail bail
ainsi que la luzerne et le rhododendron
de même que les algues et les champignons
le lichen rôti n'engendrerait pas l'humus
le palmier et le pin n'auraient qu'un terminus
de même que le chêne et que l'araucaria
ainsi que la patate et que le sequoïa
La mort a dépouillé le manteau des angströms
qui lui servit jadis à susciter la vie
cette grande Pénélope tendant le fil
qui s'englue ou se marbre ou s'ingénie ou casse
démentant la capsule où s'enferment ses fils
et la multipliant de sa nudité crasse
C'est eux qu'il faut manger animal animal
c'est eux qu'il faut bouffer le trognon de salade
la graine d'haricot le talon d'artichaut
le semis de ptits pois le fruit de plus d'un arbre
la tête de l'oignon le cheveu du poireau
C'est eux qui fourniront l'azote et le carbone

Vers 18 à 44.

avec la vitaminique pharmacopée
et maints autres produits Animal animal
mets-toi bien ça soigneusement dans le citron
sans ce gazon dodu sans cette herbe pour vaches
sans ces roses radis sans ces bites de raves
sans l'âpre activité de l'âcre pissenlit
sans l'obscure clarté de la pomme de terre
animal animal tu pourrais te fouiller
pour avoir un régime ininrtermédillaire
Le sel ce minéral te croustille la langue
pour le reste il te faut en passer par la mangue
le cèdre le citron le cidre la citrouille
l'ananas le raygrass le raifort et les nouilles
tu boufferas du vert du brun du noir du jaune
tu boufferas qui bouffe et tu seras bouffé
tu boufferas l'humus l'excrément les sanies
toujours tu t'appuieras sur la prime synthèse
tu boufferas du bois et dans ton intestin
le protocommensal sirote son festin
Terre de ce triangle élevée en chandelle
champignon cheminée échaffaudage en chancre
l'Afrique se remue à grands coups de truelle
sous son cuir s'évertue une armée un peu molle
malaxant du béton autant que la bête homme
Après que les bâtons les bacilles les phasmes
auront du végétal défié la densité
les phyllies de la feuille en prendront le doigté

Vers 45 à 71.

l'un multiple propose ou bien tente l'espace
l'insecte Il se poursuit par l'image mangeuse
ou l'être solitaire et par le perce-oreille
hôte charmant des fruits présentés au gourmet
et de la vague intense au flot coléoptère
propulsant un million d'espèces du cupes
au scarabey de Phtah Bien avant que la puce
envisageât le sang et que le papillon
broutât la fleur qui chante et que la mouche dont
le vol se répercute en assauts de démons
entreprît de piquer le nez des philosophes
et de germer gaîment dans toute corruption
et que l'abeille jaune et que la fourmi rouge
ou noire la vie en société inventassent
la danse l'agriculture l'art militaire
le travail l'animal domestique l'ivresse
bien avant que le pou ce psocoptéroïde
eût choisi l'un les tifs et l'autre la liquette
et la punaise atteint de son destin la cime
considérant le cinq avec la gravité
d'un qui veut ne sortir du stade sectionné
des rampants préparaient le rameau divergent
où fleuriraient un jour le gorille et l'orang
à condition qu'un jour quelqu'autre océanien
se cordât refusant les magies pentagones
où se sont obscurcis et l'étoile et l'oursin
Il n'a pas belle gueule un balanoglossus

Vers 72 à 98.

pine aveugle ensablant sa flasque construction
et ne donnant au jour qu'un boudin serpentant
iodoformodorante excrémentasillon
Comme tout végétal un corps celluloseux
comme aucun animal un bon sang vanadieux
marseillaise tunique ou colonies ascides
l'architecte embryon qui connaissait sa corde
abandonne un projet qui l'eût mené lucide
au bipède destin de cosmogone barde
mais désignant l'obscure enfance de l'informe
il digère sa moelle et retourne à l'inerme
Lorsqu'un autre aura droit au port de la vertèbre
encore un certain temps restera mal armé
sans zozore et sans neuil pas mal dissymétrique
obliquement fiché sur des fonds de maerl
la bestiole sait pas bricole anatomique
que son dedans sera beaucoup plus qu'un blanc merle
intéressant pour l'homme aux humeurs descriptives
dont les marchés urbains tentent l'omniphagie
pourquoi pas la lamproie où sécha le violet
et pourquoi pas l'agnathe à qui mange l'amoy
le long de la rivière avec gaule ou filet
lacérant l'océan avec ligne ou chalut
le pêcheur vertébré aux humeurs heuristiques
livre pauvres poissons au scalpel des cuisines
l'hameçon drapeau rouge extirpe la grenouille
des marais où se tait le martyr du crapaud

Vers 99 à 125.

et dans les cheminées bouillonnantes de houille
ou de bois de campêche on voit la salamandre
bondir pour illustrer les armes des vaisseaux
Des premiers consultants vertébrés de la terre
on conserve l'image en dessins animés
ou bien dans la sombreur des pâlesques poussières
saupoudrant des cailloux en de pesants musées
On (c'est l'homme) a du goût pour le diplodocus
interminable idiot ou pour le plésiosaure
pour l'ichtyo le bronto le stégo le mosa
pour la reptilité que l'on dit despotique
on (c'est l'homme) il sait pas (pas très exactement)
si ces bêtes en os bêlèrent réellment
ou si bien remontées elles présentent comme
le rêve anatomique et saurien de cet homme
qui saura montre en mains dépalpiter le temps
et par jeux de concepts incliner cette foule
de bêtes au réseau des classifications
On le voit qui déjà sent pousser ses mamelles
on le voit qui déjà se sent pousser des ailes
on le voit qui déjà sent croître sa cervelle
on le voit qui déjà se sent croître la moelle
on c'est l'homme on c'est moi on c'est mon grand'papa
fœtus néoténique au sexe très précoce
et qui se préparait quand poule secondaire
l'oiseau perdait ses dents pour des becs liminaires
et se plumassassait pour des vols aligères

Vers 126 à 152.

L'aigle le rossignol ont donné métaphores
l'ibis le pélican de bien belles images
le dronte le dodo des idées dramatiques
Quatre pattes il fallut à l'ornithorynque
pour présenter de l'homme un aspect cahotique
une poche il fallut afin qu'il se convainque
au marsupiau d'être un peu anthropologique
Des fanons un jet d'eau la vieillesse aux deux pôles
suffirent cependant à des cétacés dicks
et plus ou moins moby (que l'océan est grand)
pour supporter le mal bien qu'eussent point d'épaules
hercules des néants erre-culs des hantés
millénaires touchés par des harpons normands
bouteilles à la mer outres et grandes lisses
au travers de la noire écume projetées
transportant un message écrit en béés mots
comme aspects de son être par l'humanité
dans le cirque inondé des atlanpacifiques
Sur la piste en crottin beaucoup plus près des on
glabres et peu pattus de sociables jongleurs
s'applaudirent ainsi que font les amateurs
nourris à chaque instant de harengs récompenses
loin des savons de sel fondant à la dérive
le veau n'a pas besoin d'être très marin pour
signifier sa saveur à tout anthropophage
le toucher du vélin le suint du poil ovin
crayeux lait de la vache amers pleurs de la biche

Vers 153 à 179.

la sphère a meilleur goût volvation du tatou
la sauterelle plaît appel au fourmilier
le sourcil se hérisse hommage au porc-épic
le lorgnon pousse et pend don de terrestre taupe
Aux maisons de banlieue il est des menuisiers
sur le bord des torrents des pêcheurs avec bottes
pour la lueur et le tram inondant le village
les castors maçonnant construisent un barrage
Leur frère surmulot le vainqueur des Mongols
ronge le conduit peste et l'égout aquicole
et blanche et japonaise une sœur trébuchante
a pour la platitude un penchant d'indolente
bien fait pour exciter le nez d'un géomètre
Une autre mécanique amène dans les airs
le rêve menstruel des envols inversés
que guident les hauts cris couverts de moleskine
La patte crinoïde aux bourrelets oursins
pentamère plante aux extrêmes phénacodes
se plie en unité pour la course olympique
l'athlète galopant ombrage chevalin
se réussit dans le jeu des doigts atrophiques
Il soulève des poids la défense en avant
le plus fort animal est dinothérisant
mais le sportif n'a pas toujours de longues dents
et l'homme s'éparpille en ces combinaisons
qui lèguent quelques os à de sourds muséons
sans préfacer pour ça la boxe et l'aviron

Vers 180 à 206.

Qu'aurait-il fait bougnat fils de rhinocéros
hippopotame évêque ou cuistre lophiodon
Il se reprend avec l'animal dit féroce
le chat de la concierge et le chien du boucher
En battant du tambour le tigre et le puma
pourraient à la rigueur passer pour trop huma-
nitaires si jamais le sang la hampe huma
Trop vite il a passé près du machairodus
il n'y a point laissé le macaire ou le dux
trop vite il a frisé la crinière du lion
pour y abandonner la fureur des galons
et trop vite il lissa le poil de la panthère
il aime toujours les musiques militaires
Paresseux il s'endort se réveille tupaï
regagne le maki se révèle tarsier
spectre aux grands yeux de bronze albumine en sou-
    coupe
petite image amok malaise en sympathie
petit frère obscur des forêts de Malaisie
Après toi l'ouistiti et le singe gorille
le sage hamadryas et le galant babouin
le subtil sapajou et le puissant mandrill
jouent déjà le prélude à l'histouar des humains

Vers 207 à 228.

Sixième et dernier chant

L'histoire de l'humanité (1-2). Le reste du chant est consacré aux machines. Les machines passives (3-19). L'homme catalyseur (20-30). Le feu (31-41). Premières armes et premiers outils (42-50). Autres machines passives: le radeau, la piste, l'habitation (51-65). Première machine réflexe: la trappe (66-71). La vannerie, le tissage (72-75). La roue (76-83). La poterie (84-94). La métallurgie (95-100). Le levier, la brouette, les serrures, l'horloge (101-110). Mouvement continu et mouvement alternatif (111-119). Parenthèse : du règne minéral au règne machinal (120-122). Les inventions des Grecs (123-131). Comme l'insecte les fleurs, l'homme féconde les machines qui doivent l'attendre pour se réaliser (132-141). Les découvertes du haut moyen âge : le collier d'épaules, le moulin hydraulique (142-152) et du moyen âge (153-156). La marmite de Papin, la chambre obscure, le télescope, le microscope (157-160). La première machine à calculer (161-170). Le tissage mécanique (171-173). La montgolfière et le bateau à vapeur (174-179). L'électricité, le télégraphe (180-184). La photographie (185-186). Les chemins de fer (187-190), La grande industrie, les machines-outils (191-209). Les machines réflexes (210-214). Les machines à calculer (215-229).

Chêne et chien. 6.

Le singe (ou son cousin) le singe devint homme
lequel un peu plus tard désagrégea l'atome
Une branche élaguée amibe de machine
un silex éclaté infusoire d'outil
L'eau transporte le bois flottant entre deux rives
et du ventre des nues le feu sort tout rôti
et dans le fond des monts se trouve une cabine
et parfois un porcin tombe au fond d'un taillis
Tout ce qui se présente a couleur de racine
C'est la semence austère et gauche primitive
Le renne se grattant à l'écorce de l'arbre
ignore que son cuir subira l'écharnoir
L'orang qui d'un étron veut faire un projectile
ne sait pas qu'une balle aura raison de lui
La pierre inculte dort inactive insoucieuse
couvant sous son corps sec ses possibilités
Les pieux sabres de bois de la postérité

Vers 1 à 17.

se plantent sans pousser et s'assènent sur crânes
d'une façon très simple et anthropologique
Qu'il faille cet imberbe un mangeur d'escargot
amateur de limace et gobeur de marenne
faisant la chasse aux clams aux moules aux crevettes
et aux champignons lorsqu'il a tombé de l'eau
qu'il faille ce fœtus capable d'âge adulte
et qui des feux de son zizi précoce exulte
un baiseur de cheveux en quatre un amateur
bizarre d'infantile exploration du monde
pour que ce pal pour que ce rien pour que la pierre
inaugurent enfin leur carrière analogue
à ce que propulsa le moelleux des cristaux
Sous la croûte est un ventre et sur le chapiteau
la pellicule bleue où le nuage divague
mais le ventre rugit et l'orage zigzague
un arbre par sa base où la lave en valdrague
apporte la rigueur de l'éclair qui l'élague
par sa tête séjourne à l'un et l'autre bout
c'est le briquet des monts et la fleur des tempêtes
l'épieu s'y fortifie et le caillou y pète
l'homme peut désormais savourer son prochain
le prochain bien rôti fait un régal humain
mais il faut bien les tuer les autruis comestibles
la flèche qui naissait retourne vers sa cible
percute un percuteur et martelle un marteau
et déjà la logique a montré son museau

Vers 18 à 44.

et déjà l'écharnoir pond sa postérité
le peigne le grattoir et la salubrité
la lime à ongle ainsi que la râpe à fromage
et la toile émeri pour gratter les hommages
Dans un petit bout dbois trouve son trou la hache
et le lien de la liane aliène son essor
Sur le fleuve un bout dbois s'égayant de son sort
cherche des compagnons pour qu'un radeau l'attache
et la solive coule au tangent des méandres
en présentant au ciel l'accueil d'un nid creusé
Les rivières ne sont que des chemins qui marchent
et la piste accomplie échauve les lichens
Au travers des fourrés aux travées des clairières
un pas bien répété trace le lit des chiens
Un arbre s'étalant une roche carriée
sont les passifs aïeux des kiosques et des gares
il faut savoir tirer la caverne au plein jour
La tonsure du chef rend la fumée au ciel
l'œil des murs s'il existe a peine à clignoter
la bouche seule avale à grands jets la lumière
pour la hutte embryon semence immobilière
Dans la maison sans toit choit de la venaison
haute ou basse hare ou ours tombant en pâmoison
la machine réflexe a plus de réflexion
elle végétera jusqu'à la souricière
et n'indique à la glaise une forme animale
que pour y aboutir molle et ronde une larme

Vers 45 à 71.

En lui-même enlacé le réseau végétal
descend jusqu'au panier et jusqu'à la casaque
Sur la cuisse ridée a trouvé sa naissance
d'une vieille maman le fil de tortillance
A travers le liber l'axe s'était cherché
il tend à bout de biais l'arc pour le refermer
et vainqueur il s'enclot en sa circonférence
alors des impotents se mettent à rouler
qu'un bipède les pousse ou qu'un équidé tire
les roues n'ont pas encor savoir automobile
une seule suffit pour que sur la bobine
s'enroule comme argile un vermiforme fil
tout tourne et sur le tour se dresse bec ouvert
le pot que l'eau quérait lui qui cherchait le verre
il engendre le bol la marmite et le broc
il s'étire en amphore et déchoit en tesson
il renaîtra sébile ou ratisseur d'ulcères
Pour l'instant au soleil il dore sa cloison
ou dans le feu du four il amaigrit sa terre
il se vernit le col et l'ampleur de ses formes
des spectres incubés dans la grisaille infirme
de l'ombre et de la sienne et jusqu'au smaragdin
de l'ocre et du cobalt au lapis-lazuli
les arbres de lumière ont fleuri sous la croûte
et la crevant croissant natif ou phlogipète
le métal assez lourd se révèle serpette
remplaceur de la pierre et matière à trompette

Vers 72 à 98.

soutien du poignard du kriss et du casse-tête
soutien du couteau du soc et de l'herminette
le levier trismégiste a pour progéniture
le cabestan le treuil et la roue à godets
la bêche la charrue et la presse à presser
la brouette surtout circonspecte voiture
pascale invitation à vider les ordures
le loquet le verrou la serrure et la clé
closent l'habitation nature vasculaire
A bout de bras un poids flegmatique équilibre
un autre poids balance et cadran des égaux
donne à l'obèse un chiffre et à l'ennui des nombres
mais de tourner en rond sans un autre mobile
paraît au mécanique une tâche imbécile
pour alterner ses pas ou rester continu
pour demeurer lui-même ou danser rectiligne
d'un seul acte il acquiert tout un bouquet d'organes
courroie à transmission pédale et manivelle
cliquet vis et volant et ressort à boudin
voici le cœur le foie et voici la cervelle
les hormones la glande et le muscle et le nerf
De l'atome au cristal et du bacille au cerf
de l'algue à l'hortensia du sinanthrope au rouet
chaque règne accomplit sa course onmiumnaire
L'ancre au fond de la mer vient implanter ses pattes
le verre fait brûler la trière romaine
la friction l'engrenage et la dent et la chaîne

Vers 99 à 125.

166

un mimétisme humain donnent à l'automate
une mouche s'envole ou bien fiente un canard
faire bouger les dieux est l'enfance de l'art
taxi taxi taxi piéton compte tes pas
L'esclave qui turbine ignore comme lui
que la boule qui bout réserve sa portée
sans l'abeille des fleurs infertiles seraient
sans l'homme la machine à point n'arriverait
Les Romains ténébreux les ténébreux Barbares
ne sentent pas un monde aspirant à la gloire
un monde de boulons de galets de poulies
de bielles de pignons de cames et d'écrous
La boîte de vitesse au temps de Justinien
cherchait quelque ingénieux qui pût la concevoir
et dans le Bas Empire et le Haut Moyen Age
un qu'avait peu d'esprit c'était bien l'embrayage
Le harnais intérieur à train différentiel
conséquence des trains épicycloïdaux
voit brusquement muter ses ancêtres hippiques
et se réjouit de la naissance économique
de la ferrure à clous et du collier d'épaules
Les ailes du géant se mettent à marcher
parcourant tous les rhumbs de l'un à l'autre pôle
l'eau se porte au moulin pour broyer concasser
détriter égruger scier piler marteler
ce que le trou de mine et ce que la charrue
donnent en nourriture à l'espèce apparue

Vers 126 à 152.

Poudre à canon chandelle horloge à poids citée
gouvernail d'étambot bésicles carte à jouer
la vitre la boussole et la imprimerie
parasites de l'homme excitent son génie
L'eau bout dans la marmite et dans la chambre obscure
le gel ne reçoit pas le sel de la nature
deux boules font l'anneau et sous la double lame
vire-voltent les ozoïdes monogames
Via tel autre spermat d'origine auvergnate
peut naître l'omnibus la brouette subite
et rustre encore la machine arithmétique
à propos de la taille on remuait les naseaux
en province normande on tiquait sur l'impôt
un père président un fils mathématique
ce climat entraîna les premiers engrenages
à calculer bien mieux que les derniers sauvages
mais pendant toute une ère il fallut à ces êtres
patienter pour pouvoir tant soit peu s'énerver
Mioul' Djenni méprisait les ptits-fils du boulier
tout en suçant le sang avec une navette
des petits esclavons princes des mammifères
Envahissant les eaux envahissant les airs
ce ne sont plus des oies ce ne sont plus des phoques
le cerf-volant chinois la bannière mongole
se détachent soudain devenant montgolfière
les jambes du bateau soufflées par la vapeur
s'arrondissent avant de se natter hélice

Vers 153 à 179.

Les lecteurs électeurs attirant l'électricité de la grenouille à la foudre galvanent
cependant que des bras du haut de Saint-Sulpice
colportent sans un fil les bobards et les vannes
les ondes vont donner des nerfs au mécanique
celles qui font le jour tapent dans l'objectif
défient brosse et pinceau dans l'acte identitif
La pompe s'époumone et sur les rails béquilles
se lance l'hipparion des équidés vapeur
saupoudrant l'œil des veaux de folles escarbilles
et d'un point à un autre halant le voyageur
Alors c'est la champignonnation des usines
la cryptogamie et la prolifération
des turbines moteurs astuces en gésine
et la parthénogénération des machines
concevant d'une idée accouchant d'une action
La houille se parfume aux couleurs d'arc-en-ciel
pour nourrir tout un monde à l'odeur d'abstraction
mais qui fraise et lamine et rive et lime et tourne
pour gigogne engendrer des objets bien réels
le tourne-vis et la capsule et les tenailles
l'automobile et la bécane et la quincaille
le car le sous-marin et l'accumulateur
l'attache-parisienne et le percolateur
le fer à repasser et le ventilateur
l'obus le tire-bouchon et le bouldoseur
la drague le revolver et le radiateur

Vers 180 à 206.

la radio la lessiveuse et le frigidaire
la marmaille sans fin des ruses ménagères
des moyens de transport ustensiles outils
des gadgets du lépine ou dla grande industrie
Du sélénium l'œil s'ouvre et la porte de même
si des degrés s'en vont le thermostat soupire
les vitesses en boîte ont de l'initiative
les deux tortues roulant par forces attractives
vont et viennent aussi par forces répulsives
les sauriens du calcul se glissent pondéreux
écrasant les tablogs les abaques les règles
Leurs mères les trieuses les pères binaires
et l'oncle électronique avec son regard d'aigle
admirent effarés ces athlètes modestes
pulvérisant les records établis par les
bipèdes qui pourtant savent compter parler
soigner Soigner les sauriens du calcul et les
bipèdes qui pourtant savent compter parler
soigner Soigner les sauriens du calcul et les
bipèdes qui pourtant savent compter parler
compter parler soigner soigner parler compter
compter compter compter compter compter compter
soigner soigner soigner soigner soigner soigner
parler parler parler des sauriens du calcul
et parler

Vers 207 à 230.

LE CHANT DU STYRÈNE

O temps, suspends ton bol, ô matière plastique
D'où viens-tu? Qui es-tu? et qu'est-ce qui explique
Tes rares qualités? De quoi donc es-tu fait?
D'où donc es-tu parti? Remontons de l'objet
A ses aïeux lointains! Qu'à l'envers se déroule
Son histoire exemplaire. En premier lieu, le moule.
Incluant la matrice, être mystérieux,
Il engendre le bol ou bien tout ce qu'on veut.
Mais le moule est lui-même inclus dans une presse
Qui injecte la pâte et conforme la pièce,
Ce qui présente donc le très grand avantage
D'avoir l'objet fini sans autre façonnage.
Le moule coûte cher; c'est un inconvénient.
On le loue il est vrai, même à ses concurrents.
Le formage sous vide est une autre façon
D'obtenir des objets : par simple aspiration.
A l'étape antérieure, soigneusement rangé,
Le matériau tiédi est en plaque extrudé.
Pour entrer dans la buse il fallait un piston
Et le manchon chauffant — ou le chauffant manchon

173

Auquel on fournissait — Quoi? Le polystyrène
Vivace et turbulent qui se hâte et s'égrène.
Et l'essaim granulé sur le tamis vibrant
Fourmillait tout heureux d'un si beau colorant.
Avant d'être granule on avait été jonc,
Joncs de toutes couleurs, teintes, nuances, tons.
Ces joncs avaient été, suivant une filière,
Un boudin que sans fin une vis agglomère.
Et ce qui donnait lieu à l'agglutination?
Des perles colorées de toutes les façons.
Et colorées comment? Là devint homogène
Le pigment qu'on mélange à du polystyrène.
Mais avant il fallut que le produit séchât
Et, rotativement, le produit trébucha.
A peine était-il né, notre polystyrène.
Polymère produit du plus simple styrène.
Polymérisation : ce mot, chacun le sait,
Désigne l'obtention d'un complexe élevé
De poids moléculaire. Et dans un réacteur,
Machine élémentaire œuvre d'un ingénieur,
Les molécules donc s'accrochant et se liant
En perles se formaient. Oui, mais — auparavant?
Le styrène n'était qu'un liquide incolore
Quelque peu explosif, et non pas inodore.
Et regardez-le bien; c'est la seule occasion
Pour vous d'apercevoir ce qui est en question.
Le styrène est produit en grande quantité
A partir de l'éthyl-benzène surchauffé.
Le styrène autrefois s'extrayait du benjoin,
Provenant du styrax, arbuste indonésien.

De tuyau en tuyau ainsi nous remontons,
A travers le désert des canalisations,
Vers les produits premiers, vers la matière abstraite
Qui circulait sans fin, effective et secrète.
On lave et on distille et puis on redistille
Et ce ne sont pas là exercices de style :
L'éthylbenzène peut — et doit même éclater
Si la température atteint certain degré.
Quant à l'éthylbenzène, il provient, c'est limpide,
De la combinaison du benzène liquide
Avecque l'éthylène, une simple vapeur.
Ethylène et benzène ont pour générateurs
Soit charbon, soit pétrole, ou pétrole ou charbon.
Pour faire l'autre et l'un l'un et l'autre sont bons.
On pourrait repartir sur ces nouvelles pistes
Et rechercher pourquoi et l'autre et l'un existent.
Le pétrole vient-il de masses de poissons?
On ne le sait pas trop ni d'où vient le charbon.
Le pétrole vient-il du plancton en gésine?
Question controversée... obscures origines...
Et pétrole et charbon s'en allaient en fumée
Quand le chimiste vint qui eut l'heureuse idée
De rendre ces nuées solides et d'en faire
D'innombrables objets au but utilitaire.
En matériaux nouveaux ces obscurs résidus
Sont ainsi transformés. Il en est d'inconnus
Qui attendent encor la mutation chimique
Pour mériter enfin la vente à prix unique.

LA VIE ET L'ŒUVRE
DE RAYMOND QUENEAU

Né en 1903. Études au lycée du Havre, puis à la faculté des Lettres de Paris. Voyage en Algérie et au Maroc, puis — successivement ou simultanément — essaie d'élaborer une théorie mathématique du jeu d'échecs, fréquente la Bibliothèque Nationale (pour y découvrir des fous littéraires et des hétéroclites), suit à l'École des Hautes Études, cinquième section, les cours de Kojève (sur Hegel) et de Puech (sur le gnosticisme, le manichéisme, saint Irénée), se fait psychanalyser, rédige une chronique quotidienne dans *L'Intransigeant* intitulée *Connaissez-vous Paris?*

Publie son premier roman en 1932 *(Le Chiendent)* et sa première œuvre poétique en 1937 *(Chêne et chien)*.

1937   *Chêne et chien*, Denoël.
1943   *Les Ziaux*, collection Métamorphoses, Galli-
          mard.
1947   *Bucoliques*, Gallimard.
1948   *L'Instant fatal*, Gallimard.
1950   *Petite cosmogonie portative*, Gallimard.
1952   *Si tu t'imagines*, Le Point du Jour, Gallimard.
1961   *Cent mille milliards de poèmes*, Gallimard.
1965   *Le Chien à la mandoline*, Gallimard.
1967   *Courir les rues*, Gallimard.
1968   *Battre la campagne*, Gallimard.
1969   *Fendre les flots*, Gallimard.

Le Chant du Styrène, commentaire pour un court
    métrage d'Alain Resnais, 1957, films de la Pléiade,
    est reproduit ici avec l'aimable autorisation de
    M. Pierre Braunberger.

TABLE

CHÊNE ET CHIEN

I

II

III

LA FÊTE AU VILLAGE

PETITE COSMOGONIE PORTATIVE

LE CHANT DU STYRÈNE

DU MÊME AUTEUR

Dans la même collection

L'INSTANT FATAL, précédé de LES ZIAUX. *Préface d'Olivier de Magny.*

COURIR LES RUES, BATTRE LA CAMPAGNE, FENDRE LES FLOTS. *Préface de Claude Debon.*

Ce volume,
le quarante-septième de la collection Poésie,
a été achevé d'imprimer sur les presses
de l'imprimerie Bussière à Saint-Amand (Cher),
le 10 juin 1991.
Dépôt légal : juin 1991.
1ᵉʳ dépôt légal dans la collection : septembre 1969.
Numéro d'imprimeur : 1829.

ISBN 2-07-030231-8./Imprimé en France.